ナンセンスな問い

友田とん
エッセイ・小説集 I

ナンセンスな問い

友田とん

H.A.B

まえがき

横浜市営地下鉄に「センター北」という駅がある。「センター南」という駅もある。ブルーラインとグリーンラインという二つの路線がちょうど港北ニュータウンを貫くように二つの駅の間で並走している。ふと私は疑問に思った。センターとは何か？　センターの中央《センター》には一体何があるのだろうか？　気になった私は電車に乗ってセンターを探しに行った。何もなかった。センター南駅もセンター北駅も、駅の前にはビルやマンションが建ち、スーパーマーケットや家電量販店、金融機関など、様々な店舗や施設があった。片方には観覧車まであった。しかし、間には本当に何もないのだ。駅と駅の間は一キロにも満たない。センター南駅からセンター北駅が、逆に当然センター北駅からセンター南駅が向こうの方に見えた。だが、まっすぐ行ける道路すらない。センターに行きたいのですがと人に尋ねようにも、人もほとんど歩いていなかった。肝心なものを見落としているのかもしれない。とにかく可能な限り探してみよう。駅前の地図を指でなぞって確認してみた。一本の川が流れていた。どちらかといえば南駅寄りの位置だ。かろうじてそこに歩行者用の橋が架かっていた。名前を見た。センター橋とあった。センター北があり、センター南があり、センター橋がある。しかし、肝心のセンターらしきものはどこにも見当たらない。センターの中央《センター》には何があるのか？　何もない。しかし、それで誰かが困っているという話も聞いたことがない。よそものの私がとやかく言うことではないのだ。そういえば、鎌倉の大仏も中味は空だった。忙しない現代において、うっかりしているとつい空白の土地に意味もなく何かを建ててしまいたくもなる。センターの中央《センター》には何もない。むしろ何もないということが、ちょっと誇らしくもなってくる。帰り途、私はふと楕円のようなものを思い浮かべた。

ナンセンスな問いに私は駆り立てられる。そこには意味など何もないし、問うたところで社会が変わるというようなものでもない。しかし、しばしば当然と思っているところに風穴を空けてくれることがある。問わなければ気づきもしなかったことが、初めて目に留まる。いつもの日常がちょっと違って見えてくる。世界が可笑しさに満ちてくる。満ちてきたらどうなのだと言われると、困ってしまうが、困ったなあと言いながら、私は今日もナンセンスな問いを発している。ここに集められた文章は、そのようにして何年かの間に書き綴られたものである。生活にこれらの視点を活かしてほしいなどと言うつもりは毛頭ない。読んで少しの間、可笑しな気持ちになってもらえたら幸いである。

目次

まえがき　4

エッセイ

小説

エッセイ

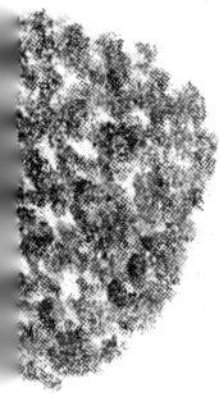

本屋に行く

共同開発されたうどんをめぐって

本屋には行く。なぜなら、体にいいからだ。そう思っている。私にとって本屋に行くことは一種の健康法である。だからそれがしばらく叶わないとなると文字通り死活問題となる。実際、今年の正月にも本屋に行かない日が何日もつづき、そろそろ行きたいと禁断症状で悶えていたら、とうとう風邪をひいてしまった。やはり本屋には毎日行く方がいいのである。幸い、風邪といってもそれほど酷い症状にはならなかった。日々本屋に行っておいてよかったと私は胸を撫で下ろしたのだった。

風邪をひいてしまったので家で過ごしていた。咳が出る。熱が少しある。だが食欲はある。冷凍うどんを食べながら、つい活字中毒者の常でその冷凍うどんの袋に印刷された文字も読んでしまう。そこには「カトキチ　さぬきうどん」とあり、裏返すと「私鉄系スーパーマーケット8社の共同開発商品です」の文字が目に飛び込んできた。はて、私鉄系スーパーマーケット八社が共同開発する冷凍うどんとはいかなるものだろうか。ぼんやりした頭であれこれ考え始める。私鉄系スーパーマーケット八社の正体とは？　なぜうどんを共同開発するのか？　するするっと長いうどんと、私鉄のその長く伸びる鉄路との間に何かしらの共通点があり、その地の利を活かして、うどんを開発したのである。まさか、そんなことではないだろう。だが、八社が共同開発したのはまぎれもない事実であって、だとしたらどうやってそれが実現したのかを知りたいと考えるのもまたもっともなことである。

今これをインターネットの検索エンジンで調べることは容易だ。私も日頃ついつい検索エンジンに頼ってしまう。だが、そうして簡単に物事を済ませてしまうことによって私は日々の面白い体験をみすみす手放してしまっているのではないだろうか。この自らの問いに一瞬頷いてしまったが、それもまた違うような気がする。私はただ頭痛でスマホの画面を操作して検索するのさえ辛かっただけなのだ。

私は考える。微熱があって、検索エンジンをスマホで操作することすら億劫に感じられる時でも、とりとめもないことを考えるのは平気なのだ。私鉄系スーパーマーケットとはどこのことだろうか。どの私鉄のことだろうか。この冷凍うどんは東急ストアで買ったのだ。ということは、東急ストアは私鉄系スーパーマーケット八社のうちの一つであると考えていいだろう。思いつく限り私鉄系スーパーマーケットを列挙していく。

こういう時に役に立つのがロジカル・シンキングというものだ。使うのはいわゆる、MECE《ミーシー》(Mutually Exclusive and Collectively Exhaustive) の考え方だ。山手線の駅の順にそこを発着する私鉄を考えていけば、漏れなく、ダブりなく、列挙できるだろう。渋谷からは東急と京王が出ている。原宿はなし。代々木もなし。新宿は、小田急とそれからまた京王だ。新大久保はなし。高田馬場は、西武。目白はなし。池袋から出ているのは東武とまたしても西武ではないか。しかし、何はともあれ、東京の西側なら、東急と京王と小田急と西武と東武の五社ということがわかった。

順調な滑り出しだなと上機嫌になりながら、では東京の東側はと考えてみると、上野から出ているのは……あれは京成か。品川から出ている京急もある。だが、そこでピタッと止まってしまった。もう思いつかない。ということは合計七社だ。それとも、うっかり忘れている鉄道があるのだろうか。ひょっとして、ゆりかもめか？　だがそれは第三セクターである。ではそれは舎人ライナーだろうか？　都電か？　いやしかしそれらは都営だから、私鉄ではないだろう。私鉄系スーパーマーケット八社の残り一社はどこなのだろう。ひょっとして関東の鉄道ではないのだろうか？　これは盲点だった。何しろ、私鉄系スーパーマーケットと書かれているだけで関東だとは誰も言っていないのだ。だとしたら、いやしかし、関東ではないとすると、今度はいくらでも私鉄が思いつき、阪急、京阪、名鉄、近鉄、西鉄、枚挙に暇がない。ますますわからなくなる。寝転がったまま、答えのわからない私は、ぼんやりした頭ではとうてい正解にはたどり着けまいと諦めて、問いそのものを変えてしまったのだった。私鉄系スーパーマーケットとあるが、では他に何系スーパーマーケットがあるというのか？　だが、この問いも目覚ましい成果が得られぬままに、ひとしきり考えあぐねていると、うどんで腹を満たした私に心地のよい眠気が訪れ、そして私鉄系スーパーマーケットのことなど忘れてうとうとと眠るのだった。

しばらくして、目を覚ますと、すっかり体はよくなっていた。しかし、あの問いはまだ頭に残ったままであった。

「なぜ、私鉄系スーパーマーケットはうどんを共同開発するのか？」

国内最大のうどんメーカーの三代目であるカトキチ一郎は思い立つ。これからの時代は消費者と直接接点を持つスーパーマーケットとの製品の共同開発に活路を見出そう。使命感を全身にまとって上京した一郎だったが、すべての大手スーパーマーケットに断られた。このままでは四国に帰れない。どうしたらいいのだろうかと東京の町をただただ歩いた。気づけば、とある私鉄系スーパーマーケットの本社の前に立っていた。ダメ元でドアを開けた。もちろん、すぐに話がまとまったわけではない。だが、拒まれはしなかった。だから、私鉄系スーパーマーケット各社を訪問して彼は繰り返し、

「私と一緒にうどんを開発しませんか？」

と説得を続けた。ようやく各社の幹部は頷いた。

「カトキチさんの熱意には負けました。一緒に開発しましょう！」

本当にそんなことが起こりうるだろうか？　まだ熱で意識が混濁しているのかもしれない。そもそも、なぜうどんを共同開発しているのかわからないのは、うどんだけを共同開発する理由がないからではないか。

「ただね、カトキチさん、うどんだけじゃないんですよ」

「……。やっぱりパスタですか？」

「実は私たちは、私鉄系スーパーマーケット八社で様々な商品を共同開発しているんです」

では、どのような商品を共同開発しているのか。体が好奇心でぽかぽかした私は近所の東急ストアへと軽やかに向かう。カゴも持たずに棚を一つ一つ見て回り、共同開発商品を探し求めていく。

水産加工品から乳製品、パン、酒類にいたるまで、ほとんどありとあらゆる商品が共同開発されているということに驚いた。そして、どうやら八社共同開発しているその販売元は八社会という名であることもわかった。さすがにないだろうと思った野菜の棚でもカット野菜に八社共同開発の文字が躍る。こうして次々と裏返して見るのが不思議と気持ちよくなってくる。

そしてつい妄想してしまう。これだけあれば、うちの家では私鉄系スーパーマーケットの共同開発商品だけで暮らしてますとか、食堂の看板に「私鉄系スーパーマーケット八社共同開発商品の食材だけを使用しています」というような店も可能だろう。もちろん、もしそんな家庭や店があったとして、そこからどのようなメリットが得られるのかはさっぱりわからない。だが、だとしたら、そもそも共同開発している商品にはどのような価値があるというのだろうか。ここで忘れてはならないのは、何を共同開発しているかではなく、何を共同開発していないかであろう。

冷凍うどんはあるが、袋入りの茹でうどんはなかった。なぜ茹でたうどんはないのか？　カトキチ一郎に問いたくなる。ただ揚げ玉は共同開発商品があった。

ワインはあるのに、日本酒はない。なぜかはわからない。そういえば、歯磨き粉はあっただろうか？　あるいは、歯ブラシはあったたか？

かつて、『ホーム・アローン』でマコーレー・カルキン演じる少年が一人、泥棒との戦いを前に町に買い物に行き、「これは医師会推奨品ですか？」と尋ねた。医師会推奨品を求めるマコーレー・カルキンのように、二十一世紀を生きる少年はこうレジの店員に高らかに問う。

「これは私鉄系スーパーマーケット八社の共同開発商品ですか？」

やはり裏返して見てみないことにはわからない。なぜ日本酒がないのか。歯ブラシはあったのか？　そこに法則性は見出せない。だからこそ、店員もやはり裏返してラベルを確かめるのだ。

ところで昔、小堺一機が司会の番組があった。スーパーマーケットを再現したスタジオで時間内にちょうど一〇〇万円買い物ができたら、商品を全部持って帰れるという内容だった。はて、ここでも出場者が一つ一つ商品を裏返し、「これは、私鉄系スーパーマーケット八社共同開発商品かしら？」と確認していたらどうだろう。テレビカメラはなぜか一つ一つ裏返して確認する出場者をズームで写すだろう。いちいちそのシーンはカットされるかもしれない。視聴者にはその意図がわからないからだ。だが、右手で裏返し、八社共同開発商品を確かめてカゴに入れたかと思えば、同時に左手はもう次の商品を裏返している。あまりに次々と裏返して確認しているので、もはやカットしてもカットしきれない。実況中継のアナウンサーが叫ぶ。

「いったいこの山田さんはどうしてすべての品物を裏返しているのでしょうか？」

現代スーパーマーケット事情に詳しい解説者の木村さんが言う。

「さあ、さっぱりわかりません」

しかし、その出場者は問うているのだ。

「これは私鉄系スーパーマーケット八社の共同開発商品ですか？」

そもそも、私鉄八社とはどこなのか、それすら私にはまだわからない。私は電車へと飛び乗り、スーパーマーケットについての本を探しに行く。

ターミナル駅で、券売機の上の運賃表の図を見上げて考える。東急、京王、小田急、西武、東武、京急、京成。一社足りない。うーん、うーん、と悩んで、そうか山手線のターミナルから出ているとは限らないのではないかと思い当る。横浜を見ると、ちょうどそこから相鉄が出ていることに気づいた。うっかりしていた。これで八社になった。

紀伊國屋書店新宿本店に行き、それからMARUZEN&ジュンク堂書店渋谷店へとはしごする。社会・経済の棚をうろつき、流通の棚を見つける。そこにあったのは、専門雑誌『食品商業』で、バックナンバーを順に見ていくと、二〇一八年九月号の特集がズバリ、「スーパーマーケットが分かる本　2018年版」である。なんと心強いことか。やはり本屋に足を運んだのは正解であった。

ほくほくした気持ちで帰宅し、コーヒーを淹れてページをめくる。第二特集「食欲の秋　旬の味でごちそう商品化」の目次には「高値のサンマは満足度の高い鮨」「ハロウィーンは柿にデコレート」などが並んでいる。「米国レポート　売上伸長続く食肉マーケット最前線」も気になるし、「このまま使える10月の販促企画書」は、うっかり「もう一月だし、もう少し早く読みたかった」と後悔さえしかけたが、私はスーパーマーケットの販促をする立場にないので、後悔する必要もなかったと気づくのだった。これは目次だけでしばらく楽しめそうだと上機嫌だったが、ふと我に返った。私は私鉄系スーパーマーケット八社共同開発の謎を解決するためにこの本を購入したのだ。

そこで、ようやく重い腰を上げて第一特集を読み進めると、そこには見開きで業界相関図が掲載されていた。一番大きなのがセブン&アイHD。その傘下に、「そごう・西武」とあった。ということは、西武はスーパーマーケットがあったとしても、私鉄系スーパーマーケット八社には入っていないにちがいない。では、もう一社はどこなのか？　特集を読み進めていくと、八社会の文字を見つけた。おお、これがあの八社会か！　しかし、この期に及んで私はとんでもない事実を知ることになった。業界地図にはこう書かれていたのである。

八社会（計九社）

なんと八社会は九社だったのだ。問いは解決することなく新たな問いを生み出す。だからこそ、また本屋に行く。なぜなら本屋では世界の不思議を詰め込んだ本がうっかり手に取られるのを待っていてくれるからだ。

なお現在（二〇二二年十二月）の八社会は七社のようです。

（つづく）

二〇一九・二

アウレリャノはTシャツを着たか？

自著である『『百年の孤独』を代わりに読む』の行商をするために、八月にスタッフTシャツをつくった。もちろん、スタッフと言ってもそれは私自身のことであって、つまりただ私が着るためのものであった。泊りがけの行商であっても、毎晩ホテルに着いてから洗濯すればよく、だから、二枚もあれば十分だった。だがこのTシャツには一つ問題があった。PRのためにつくったにもかかわらず、前面にただスペイン語で、

Leo "Cien Años de Soledad" como una proxy.（私は『百年の孤独』を代わりに読む）

と書いただけであったため、そのPRに誰も気づくことがなかったのだ。

「今日は白いTシャツですね」

と言われたりもした。後ろに立った人だけがかろうじて背中の襟元に印刷された「『百年の孤独』を代わりに読む」の文字に気がついた。だから、スタッフTシャツを着た私は人に会うたびに「これは『『百年の孤独』を代わりに読む』のスタッフTシャツなんですよ」と自ら説明しなければならなかったが、しかしそれが幸いして、Tシャツをほしいという人がしばしば現れたのだった。それではと思って私は頒布用のTシャツを製作することにした。しかし、私はためらっていた。『『百年の孤独』を代わりに読む』を出版する時にも自分にはこれを本にする資格があるのだろうかと随分悩んだものだったが、今度はTシャツだ。Tシャツをつくる必然性はあるか。私に果たしてTシャツをつくる資格があるかどうか。その話をすると、誰だったか忘れてしまったが「『百年の孤独』の中でTシャツを着てる人がいるんですか？」と訊いてくれた。

光明が射した。『百年の孤独』の中でTシャツを着ている人がいたではないか。ブエンディア家の家系図を辿ること四世代目。マコンドの開拓者、ホセ・アルカディオ・ブエンディアのひ孫にあたる双子の兄弟、アウレリャノ・セグンドとホセ・アルカディオ・セグンドは確かにTシャツを着ていた。家族や周りのものが瓜二つの兄弟を区別するために、彼らのイニシャルの入った

Tシャツを着せていたのだった。もちろん、子供がおとなしくそれに従うはずもなく、彼らはいつもそのイニシャルの入ったTシャツを交換したりして、学校の先生を困らせた。そのことを思い出した私は『百年の孤独』を読みかえして確認した。

「アマランタがめいめいの名前を彫った腕輪をはめ、それぞれのイニシャルのはいった色のちがう服を着せてやった。……それまでホセ・アルカディオ・セグンドを緑色のシャツで見分けていた先生のメルチョル・エスカロナは、……もうひとりのほうが白いシャツを着てホセ・アルカディオ・セグンドの名前のはいった腕輪をしているにもかかわらず、自分の名前はアウレリャノ・セグンドだと言うのを聞いて、かんかんになった」（『百年の孤独』新潮社 二〇〇六年 p.219-220）。

困ったことになった。ひょっとしてこれはTシャツではないのではないか。私は頭の中でいつもTシャツを着た二人を想像してきた。それぞれKとTの文字が大きくプリントされた服を着ていたアニメ『サザエさん』のカツオとタラオのように、私の脳内のアウレリャノ・セグンドとホセ・アルカディオ・セグンドの胸にはデカデカとプリントされたAとJの文字があった。しかし、状況はどうやら違うらしい。『『百年の孤独』を代わりに読む』はふざけているようで、読者なら了解いただけるに違いないが、とにかくテキストを忠実に読んできた。Tシャツを作るためには、『百年の孤独』の中でTシャツを着た人間を見つける必要がある。もし、オリジナルTシャツに

「何らかの意味を見いだそうとするなら、僕は力の及ぶかぎりその作業を続けていかなくてはならないだろう」（村上春樹『国境の南、太陽の西』講談社文庫）。そこで私はもう一度、『百年の孤独』を頭から読み返した。

マコンドにやってきたレベーカは「着古した綾織《あやおり》の黒い服を着て」（p.57）いた。メルキアデスが運んできた写真技術に魅了されてブエンディア家の人々が記念写真を撮ることにした時、「アウレリャノは黒いビロードの服を着て」（p.67）いた。町中の家を青く塗り替えさせようとした町長のドン・アポリナル・モスコテは「ズボンと同じ白のドリルの上衣《うわぎ》を着」（p.75）ていた。ピアノ技師のピエトロ・クレスピは「息苦しいほどの暑さだというのに、紋織のチョッキに厚地の黒っぽい上着を重ねたまま仕事をした」（p.78-79）。だが、Tシャツを着るものは見当たらない。沐浴する小町娘のレメディオスは裸であるし、アマランタが織りはじめたのは自分の経かたびらだ。ウルスラは家の子供の「格好のおもちゃ」となり「色とりどりの布を着せられ」（p.376）た。未亡人となったフェルナンダは屋敷で「女王の衣裳を着ていた」（p.416）。私は音をあげそうになる。

本当にTシャツを着たものはいないのだろうか。そして、見つけたのだ。戦争が激化し、「不安に絶えず心を脅《おび》やかされてい」（p.200）たアウレリャノ・ブエンディア大佐は寒気が治らず「大へんな暑さだというのに毛布にくるまって」（p.199）前線からマコンドへ帰ってきたのだ。

つまり私は最悪の場合、ブエンディア大佐印の「代わりに読む」オリジナル毛布をつくることができそうだ。だがそんなものをつくってどうすればいいのだろう。考えてみれば、みな何かは身につけていたはずだ。私は『百年の孤独』を彼らの服装だけに注意して読みかえした。ウルスラは何を着ていたのか？　メルキアデスは？　田中美佐子は？　植木等は？　いかりや長介は？小泉今日子は？　そして、宇津井健は？　『少女に何が起ったか』で黒いコートを着た謎の男・宇津井健が、まさかコートの下に何も着ていない、などということはありえない。それはTシャツではなかったか？

だが、それはわからない。ただ少なくとも「代わりに読む」私はTシャツを着ていた。真夏の自宅で、赴任先のマレーシアでTシャツを一枚だけ着た私は汗をかきながら原稿を書いた。しかし、それでTシャツをつくる資格と言えるだろうか？

「資格というのは、あなたがこれから作っていくものよ」と有紀子は言った。（『国境の南、太陽の西』）

私はTシャツのデザインを考えはじめた。

二〇一八・十一

本屋に行く

時々負ける水戸黄門

最近、時々負ける水戸黄門について考えを巡らせている。もちろん、時々負けるというその水戸黄門は歴史上の人物である水戸光圀ではなく、氏をモデルとしたTBSドラマで諸国漫遊する水戸黄門である。あなたはこう疑問に思っているだろう。お前は「時々負ける」水戸黄門を見たことがあるのかと。いや、当然私もそのような水戸黄門を見たことはない。ドラマ『水戸黄門』は次のような展開が確立しており、他の展開は決して許されないのである。地方のあくどい代官や商人たちにより、町人や農民などの市井の人々が苦しめられている。そこへ、自称ちりめん問屋の水戸黄門とその家来たちが現れ、事情を知る。やがて、悪者たちのところに水戸黄門たちが現れるが、悪者たちは水戸光圀とは知らずに、始末しようとし激しい斬り合いになる。追い詰められた悪者たちはいよいよ印籠を差し出され降参する。その確立した展開に異論を挟むことなどこれまでなかった。ところが、一度考えはじめたら、取り憑かれたように考えずにはいられないのである。

私がよく知る水戸黄門とは概ね俳優・西村晃のことであり、もし万が一夜道で前方から歴史上の人物である本物の水戸光圀が歩いてきたとして、とてもその男のことを水戸光圀と考えることはできないだろう。それくらい私の心の中では水戸光圀は西村晃であり、西村晃が画面に映ると、「ああ、水戸黄門だなぁ」と安心感を覚えたものだった。幼い頃にテレビを見ていたら、時代劇を放送しており、隣にいた祖父がぼそっとつぶやいた。

「あ、水戸黄門やってるわ」

確かに、町人があくどい商人に苦しめられていた。だが、やがてそこに見覚えのない老人が若者を引き連れてやってきた。私がいったいこれは誰だろうと不思議に思っているうちに、そのあくどい商人たちを連中は倒してしまった。そして、画面に映し出された見覚えのない老人が、「ガハハハハ」と少々品のない笑い声をあげた。一瞬私にはこれこそが真の悪者なのではないのかとさえ思われた。だとしたら、この真の悪者を倒してくれる水戸黄門がいずれ現れるはずである。そう思えば、どうにか平静を保つことができたのである。しかし、水戸黄門一行は一向に現れない。このままでは悪が君臨したまま終わってしまう。私は恐怖から、堰を切ったように泣き出してしまった。必勝の水戸黄門という信頼が一瞬揺らいだのだ。そこへ母親が部屋に入ってきた。

「どうしたん？　水戸黄門でしょう？」

私は意味がわからず唖然としたが、話を聞けば、その「ガハハハハ」という笑い声の主こそが初代水戸黄門役の東野英治郎だという。再放送であった。そのことを私は何十年も経った今でも時々思い出す。

だからというわけではない。わけではないのだが、時々負ける水戸黄門というフレーズがずっと頭から離れない。もちろん、こんなことは考えなくても生きていくのに困りはしない。同じような疑問を持つ人にあったこともない。だが、ふっと気を抜けば考え始めている。なぜ水戸黄門は必勝なのだろうかと。

取手翔は出席こそ許されてはいたものの、発言を求められることはなかった。その日、ドラマ『水戸黄門』の企画会議では、次回のスタジオの段取りやスケジュール、小道具などの確認の後、現在準備中である数ヶ月先の新シーズン初回の構成の話になった。最初のうちこそ、今度は悪代官だ、やれ、偽医者だと盛り上がったものの、構成作家たちから目新しいアイデアは出ず、ため息をついたプロデューサーが会議室を見回して、こう声をあげたのだ。

「一度くらいは新人のアイデアも訊いてみようか」

怖いもの知らずとはよく言ったもので、突然当てられた取手翔は、周りの不安げな表情を気にもせずに、飄々《ひょうひょう》とこう言ったのだった。

「あの、水戸黄門に負けさせる、というのはダメでしょうか?」

何を言い出すんだという空気が会議室に広がった。出席者はだから新人になんて訊いたって無駄だと言わんばかりだ。一瞬おいてから、プロデューサーが口を開いた。

「ああ、それね、毎年新人が言うんだわ。でも、それはダメなの」

「どうしてですか?」

「そんなもの、誰も求めていやしない。みんな予定調和が好きなんだから」

「みんな? みんなって誰ですか?」

「おいおい。唾を飛ばすなよ。いいから、気にするな。ところで、明後日のロケ弁、発注したのか?」

追い出されるように会議室を出ると、取手翔は廊下でスマホを取り出して弁当屋に手配の電話を掛けた。彼は電話を切ってからも、みんなって誰だろうと考えていたが、ＡＤ業の忙しさの中で、そんな問いのことはあっという間に忘れてしまった。

私は『水戸黄門』の必勝パターンが確立されていった過程を知りたかった。私は本屋に行こうと思った。そうだ、休みの今日は本屋に行く。だが、私は歯医者にも行くのだ。なぜなら、先日食事をしていたら、歯の詰め物が取れてしまったからである。歯医者で待っている間も、治療台に寝かされている間も、頭の中は水戸黄門のことばかりだ。きっとテレビドラマの企画の段階で、あるいは回を重ねていく間に、水戸黄門のパターンが確立されていったはずである。企画段階では、必勝であることは当たり前ではなかったのではないか。つい、今ここにある姿が過去からずっと続く普遍的なものであると考えがちであるが、歴史を遡っていけば、決してそうではないことが明らかになるだろう。脚本家は時々負ける水戸黄門を描いた脚本をテレビ局に持ち込んだに違いない。だが、私の知る限り、テレビで水戸黄門が負けたことはないのである。つまり、必勝する水戸黄門の裏側には、水戸黄門を今度こそは負けさせようと苦心しながらも、企画会議の席上で負け続けた数々の脚本家の屍が横たわっているのである。

歯医者での治療を終え、駅に向かうと、駅の売店のスタンドにはスポーツ紙が並んでいる。売店の店先にスポーツ紙の見出しが躍る。電車ではおじさんが股をがばっと開き、またそれと同じくらいにがばっとスポーツ紙を広げて読んでいる。

そうか、今年もシーズンが始まったんだ、と私は思う。そして、こうも思ったのだ。阪神だって負けるのだから、水戸黄門は言うまでもない。半蔵門線に乗り換えて席に座るとまた続きを考えた。もしも、水戸黄門が勝ったり、負けたりするのなら、どんなことが起こるのか。意図的に負けさせたいのではない。敵も味方も正真正銘の真剣勝負をしているのなら、勝つこともあれば、負けることもあるのが自然だろう。

——なにおぉ、言わせておけば、このくそ爺が！

——いいでしょう、助さん、格さん、構いません。やっておやりなさい！

夜、仕事を終えた男たちが駅前の中華料理屋に三々五々集まってきて、酒を飲みながら頭上のテレビを観ている。

「こないだの水戸黄門観たか？　あれはひどかったよなあ。最後に逆転満塁ホームラン打たれちゃうんだもんなあ、格さんが」

そう、今期は水戸黄門が全く勝てていないのである。今夜こそはとみな、手に汗を握り応援する。頑張れ頑張れ、水戸黄門。今週こそは勝つんだぞ。いや、もう水戸黄門今年はダメだよ。何言ってんだよ。まあ、ビール飲めよ。

啖呵《たんか》だけは切るものの、決め手に欠ける。越後屋との戦いは一進一退が続き、二十時五十分を回っても、まだ決着がつかない。見ようによっては劣勢だ。とそこで助さんがマウンドに向かう。テロップが出る。

「放送終了の時刻ですが、引き続き『水戸黄門』をお送りします」

チャーハンを掻き込みながら、横目で男たちを眺めていた取手翔は手元の新聞でテレビ欄を確かめる。「最大延長21時24分まで」とある。だが、その後両者は一歩も譲らず、決着がつかぬまに放送は終了した。「水戸黄門、結局勝ったのかなあ」と彼は考えながら、ビールはやがて焼酎のお湯割りに代わっていた。彼はすっかり忘れたはずだった。「正真正銘の勝負をする『水戸黄門』」という企画を出したのは彼だった。まさか、あの時ボツになった企画が実現するとは想像だにしなかった。ADの職を離れてしばらくして、彼の言ったことが現実となったのだ。男たちも水戸黄門がどうなったか気になっている。手の空いた店主が腰に手をあてて、リモコンを操作し、チャンネルを変えると、都合よくニュース番組のスポーツコーナーが始まった。

――先ほど終了した水戸黄門と越後屋の戦い。今夜は水戸黄門が久々の勝ち星をあげました。先発は中六日で格さん、七回まで投げ、守りの切り札、助さんに継投。助さん、一時はヒヤリとする場面もありましたが、安定のピッチングで今期通算六セーブ目です。
　格さんの斬り合いが流れ、しゃべっていた男たちは再び画面に釘付けになった。男たちはその格さんの復活劇に涙を浮かべる。これでよかったのだろうかと考える。これなら、野球を観ていればいいことではないか？　取手は本当にこれでよかったのだろうかと考える。新年早々、水戸黄門は沖縄でキャンプを張り、コーチのもと杖で敵を叩く練習を繰り返したのだという。だが、そんな必要があるだろうか？　野球には野球の良さがあり、『水戸黄門』には『水戸黄門』の良さがある。

　電車は神保町に到着する。今回は電車に乗り神保町の東京堂書店にやってきた。映画の棚を見るが、テレビ時代劇の本は見当たらない。こういう時、役に立つのが検索機である。「時代劇」と入力すると、時代劇を書名に含む書籍の一覧が出た。だが、在庫のある本はわずか数冊だった。映画や演劇の棚の近くには、スポーツの棚があった。こうして普段は見ない棚を歩いていくと、様々な妄想が掻き立てられるのであり、それもまた書店に通うことの効用である。スポーツ、と私は思う。サッカー、野球、ゴルフ、そしてその先にはプロレスや競馬などの本が並んでいた。勝ったり負けたり、どちらになるかわからない。となるとそれをネタに金を賭けようという人が出てくるのは必然である。

老成した取手翔が……。

またここで私は考え始めたのだが、彼がどのような手を編み出すのか、妄想とはいえ、わからない。ただ単に「水戸カルチョ」とか「水戸黄門ロト6」というようなものではあるまい。だが、確実に取手は何かを考えている。私は取手といつか真剣勝負をやらねばならない。取手ではなくとも、時々負ける水戸黄門の前には、それを賭け事の道具に使おうという人が出てくるだろう。「戦いを加減してもらえないか?」と八百長を持ちかけるものが出てこないとも限らない。そうだ、と思い立ち、今度は「八百長　スポーツ」と検索すると、次の本が見つかった。

山際康之『八百長リーグ　戦時下最大の野球賭博事件』(KADOKAWA)

私はまったく八百長の歴史を知らずにきたが、プロ野球と八百長の歴史は脈々と続いていたのである。これは読まなければならないと思った。検索機で印刷した在庫情報を眺めて、一階へと降りる。新潮新書の棚に、一冊の時代劇に関する書籍を見つける。

春日太一『なぜ時代劇は滅びるのか』（新潮社）

パラパラとページをくり、これこそが時代劇の展開のパターンに対する私の疑問に答えてくれそうだと確信する。会計を済ませて、帰り道、書泉グランデでプロレスの本も買う。電車で早速『なぜ時代劇は滅びるのか』を読みながら、今私たちが想像する「時代劇」が決して唯一のものではなく、もっと多様な形がありえたこと、だから時々負ける水戸黄門という線だって、ありえないものではなかったことに私は気づくのだった。ただ、唯一の問題は、『水戸黄門』はもうやってないということだった。

（つづく）

二〇一九・六

旅日記を書きはじめると

二〇一八年五月の文学フリマにはじめて出店した私は、ブースを訪ねてくださった大勢の方々に感謝し、順調な売れ行きに安堵しながら帰途についたのだったが、翌朝、会場から返送した残部が早速届くと、部屋に積み上げられた在庫を前に、一気に現実に引き戻された。これからどうしたものだろうかと私は考えないわけにはいかなかった。翌週、拙著『百年の孤独を代わりに読む』に対する最速にして最長のレビューを書いてくれたMさんと神保町で麦焼酎・百年の孤独を呑んだ。その時彼がくれたアドバイスにより書店への営業をはじめた私は、都内を皮切りに、それから半年間全国の書店を訪問し、多くの方に拙著を届けることができたのだった。それはまずもって文フリでお求めいただいた方々のおかげである。そのことで自信をつけた私は都内の書店を恐る恐るではあるものの回ることができた。そして都内で快く置いてくださった書店さんや手にとってくださった方々のおかげで、私は全国をまた回ることができたのだった。

旅はまだ途中だが、今、私はその半年に渡る行商の旅の記録をまとめている。東北や九州はリアルタイムにレポートを書いていたのだが、最初に回った都内や中部、近畿、中国、四国は手帳に簡単なメモがあるだけで、旅日記の形にはなっていなかった。そこで、まずは都内での書店訪問の記憶を復元していくことにした。一番最初に訪ねたのは早稲田のNENOiで、その次にお願いしたのが下北沢の本屋B&Bだった。当時、あともう一軒、本屋さんらしい本屋さんに置いてもらえないだろうかと考えて訪問したのが、荻窪のTitleだった。Titleには五月末の金曜の夕方、仕事帰りに立ち寄った。そして、その場で店主の辻山さんに『百年の孤独』を代わりに読む』を見てもらい、預かっていただけることになったのだ。手帳を見ると、翌々日の日曜日の午後に納品したと書かれている。ふと私は疑問に思う。なぜ翌日納品に行かなかったのだろうか？　おそらく飛び上がるような気持ちで、すぐに納品に行ってもおかしくなかったはずである。だが翌日の手帳を見ると、そこには一文字も記入されていない。空白の一日だ。翌々日、日曜日の午後に私は『百年の孤独』を代わりに読む』を、——当時はまだスリップを作っておらず——一冊ずつビニール袋に封入し、納品書と一緒に持参したのだった。

ひょっとしてTitleはその土曜日が休みだっただろうか？　いや、そんなことはありえない。飛び込み営業でTitleを訪ねた日のことを思い浮かべた。私はあの日、地方から東京へと久しぶりに出てきた友人を囲んで西荻窪の居酒屋で一緒に呑んだのだった。Titleは荻窪からかなり歩いたところにあるから、西荻窪で呑むのなら、そのまま歩いていけばいいのではないかと考えた私は、汗だくになりながら三十分ほど歩いて、約束していた店へとたどり着いた。ということは、私はあの日そうやってたどり着いた店で気持ちよくビールを呑み、そして翌日を丸々一日棒に振ってしまったのだろうか。それは十分にありえることだった。あの時私はおそらく有頂天であったにちがいない。飛び込み営業に成功した私は、友人相手に自分の本のことを語ったのだろう。語りながら呑むビールはべらぼうにうまく、それをぐいぐいと翌日が使い物にならないほどに呑んだのだろう。たしか、日曜日に納品に行ったのも、早い時間ではなく夕方近くであったような気がする。だが、二日酔いで納品が後回しになったりするというのは我ながら情けない。そんなことがあっていいものだろうか。それに、私は書店の棚に並ぶ自分の本の姿を一刻も早く見たかったはずではないか？　では、私はいったい何をしていたのだろう。まるでなくした旧陸軍歩兵用外套の行方を追う『挾み撃ち』の後藤明生のように、私は失われた空白の一日を挾み撃ちにする。

待ち合わせに三十分ほど遅れて店に着いた私は、いやあ久しぶりだねと言い合い、そしてサッポロビールを互いのグラスに注ぎながら、一風変わったコロッケや、刺身や、軽い何かをつまみ、ビール瓶を次々と空にしていった。だが、店員さんは「いつもならボーリングができるくらい並ぶのに」と冗談を言った。ということは、私たちはそれほどビールを呑まなかったのである。たしか、もう一人の友人は奥さんとお酒は体に悪いからグラスに一杯だけと約束しており、だから私は彼のグラスに少しずつ注ぎ足し注ぎ足しして一杯が空にならないように気にしていた。私たちはその友人に歩調を合わせたわけではないが、それほど無茶な呑み方はしなかった。

そういえば、Titleで預かってもらえることになった時に、「では、明後日持って来ます」と私から言ったのを突然思い出した。あの時「郵送でも構いませんよ」と辻山さんはおっしゃった。ということは、私には最初から翌日には納品に来れない理由があったということになる。私は自分の過去のTwitterをたどった。これが後藤明生の『挾み撃ち』の時代と大きく異なることだが、いとも簡単にその空白の一日の行動が判明したのだ。私は日比谷でウェス・アンダーソン監督の『犬ヶ島』の公開翌日の初回上映を観ていたのだった。朝から可哀相な犬たちに、そしてその親友の犬を助けようと果敢に行動する少年との友情に涙した私は、映画を見終えると、興奮しながら東海道線に乗り、湘南に住むKさんのところへと遊びに行ったのだった。テラスモールのアカチャンホンポの前で待ち合わせた。『百年の孤独』を代わりに読む』を持って行った。書店に置いてもらえるようになったことを話すと、

「本屋さんでも置いてくれるんだねえ」

とKさんは言った。家にお邪魔して昼からビールを呑みながら話し、あっという間に大きくなった女の子に絵本を読んだりして、帰途についた。iPhoneをひらいたら、

「これから、Oさんと神保町で呑むんでもしよかったら」

とMさんから連絡が来ていた。その足で向かえば間に合ったかもしれないが、昼から呑んでいたし、それに読んでいた本をそのまま読みたかったので、まっすぐに帰宅した。翌日、書店に本を届けた。

あの頃の私はまさか全国の書店に本を置いてくださいと営業して回るとは思ってもみなかった。手帳に書き記した断片を頼りにして出会った人々のことを思い出し、思い出すことで私は行商の旅をもう一度体験している。それが『『百年の孤独』を代わりに読む　行商旅日記』である。いつも意識するのは、忙しくしていると見落とされ、書き留めなければ忘れられてしまう取るに足らない可笑しさだ。私は可笑しなことを書いていきたい。それは『『百年の孤独』を代わりに読む』を書いた時だってそうだった。東京の町を歩くにしたって、とにかく人と違う歩き方をした

い。そこに何かを発見したいのである。私は今それを試みようとして『パリのガイドブックで東京の町を闊歩する』を書いている。さらに、故郷の神輿渡御を追う文章も書いている。ご想像の通り、ただ神輿を見て、そのすごさを語るというようなものを書く気はない。なぜ私はあの神輿に魅了されるのか。神輿を追いかけてこの目で見て、音を聴いて、そのことを解き明かしたい。タイトルは『神輿は撮らない』である。さらに、これらの文章を私はいつもドトールで書いており、そのドトールで見つけた人々についても書いている。

要するに、この半年私は書き散らかしているだけなのだった。ただとにかく私は面白い文章を書きつづけたい。何度も読み返したり直したりしていると、つまらないことを書いてしまったのではないかと不安になったりもする。だが、一晩寝て頭がスッキリしている時に読み返すと、大丈夫だ少なくとも自分にとっては面白いと、胸を撫で下ろす。一度は面白がって書いた自分の直感を少しは信頼してみてもいいかもしれないとも思えてくる。あとはその面白さをどう伝えるかだ。いつか近いうちに、書き散らかした文章がまとまってあなたにお届けできればいいのだがと考えて、そのこともまたこうして私は書きつづけている。

二〇一八・十一

その後『百年の孤独』を代わりに読む　行商旅日記』は一部をnoteに掲載、『神輿は撮らない』と共に頓挫している。

本屋に行く

思考はやがて発酵して妄想となり

そうだあのことを書こう、と思いつくのはたいてい原稿を仕上げた後のことであり、だからこれから書き記すことを思いついたのもまた前回の「本屋に行く」を松井さんに送稿した日の午後のことであった。

本屋にも行くが、甘いものを食べに行きもする。あの日、私はパンケーキを食べに行ったのだった。むろん、一人の男がパンケーキを食べに出かけたところで、ただ食べて帰ってきただけのことであれば、誰の興味も惹くことはあるまい。むしろ、興味を惹かれたのは私であり、興味を惹いたのはパンケーキ屋で働く店員さんたちの姿だった。

原稿を仕上げ、空腹のままパンケーキ屋にたどり着いた私はパンケーキを頼んだ。

「少々、お時間をいただきますが、大丈夫でしょうか？」

当然、パンケーキを焼くのには時間がかかる。それは承知しているものの、実際にパンケーキが出てくるまでは手持ち無沙汰だ。だが、そう思ったのも束の間、気づけばフロアを行き来する店員さんたちに気を取られていた。そして、私はフロアには紺色のエプロンをした店員さんと、エプロンをせずにただ白いシャツ姿の店員さんがいるという事実を発見したのである。

しばらくして一人の店員さんが頼んだ飲み物を運んできた。エプロンはしていなかった。確かにエプロンなどしていなくても飲み物なら運ぶことはできる。けれど、料理を運ぶ時には服に飛び散ることもあるかもしれない。エプロンは必須だ。ほどなくして店員さんが隣のテーブルに料理の載った皿を運んできた。エプロンはしていなかった。だが、エプロンの有無が店員さんたちの間にあるということは、何かしらの役割の違いがあるはずだ。そう考えた私は直ちに別の仮説を立てた。キッチンに入れるか、入れないかという違いがあるのではないか。そうに違いないと合点していると、合点した先から、視界の端で店員さんがすたすたとキッチンへと入っていった。エプロンはしていなかった。しつこい私は、では皿を下げる資格はないのではないかと予想を修正した。食べ終えた皿を重ねて抱えれば、自ずと服にも汚れがつきそうだ。私はパンケーキを食べ終えた。一人の店員さんがテーブルから皿を下げてくれた。エプロンはしていなかった。

いったい、エプロン着用の有無と、店員さんの役割の間にいかなる違いがあるのか。考えあぐねていると、店の隅に一人の男性店員さんが立っていることに気づいた。彼はエプロンをしていた。そこで私はぼんやりと、しかし目を離さずに観察していた。すると、視線を感じた店員さんがこちらを見て「?」という表情をしたかと思うと、テーブルの方へとやってきたのだった。だが、まさか単刀直入にエプロンについて訊くわけにもいくまい。

「お水をいただけますか?」

そう私が言うと、水を入れてくれた。ひょっとして、エプロンをしている店員さんだけが、客に水を注ぐことが許されるという決まりがあるのではないかと苦し紛れに考えた。だが、もしそうだったとして、果たしてそれは何のために?

縦軸に氏名、横軸には日付が並ぶアルバイトのシフト表をまじまじと見ていたのは、働きはじめてちょうど一年になる取手祐子だった。それまで当然と受け止めていたシフト表が変に思えてきたのである。どうしてこれほど厳密にシフト表でエプロンの着用が管理されているのだろうか。一度考えだすと、考えずにはいられなかった。キッチンや、ホールという役割分担ならわかるのだが、そういうわけではない。エプロンを着けていようが、着けていまいが、彼女は常にホールのスタッフだった。それに、エプロンの有無という違いこそあるものの、担当する仕事にはまったく違いがなかった。ただエプロンの着用の有無だけが厳密に指示されていたのだ。シフト表にはエプロン着用の日には「エ」という記号が早番の「早」、遅番の「遅」の脇に、まるで駅の時刻表の行き先を表す「渋」（渋谷行きの意味）や「志」（志木行きの意味）のように「早《エ》」などと書かれていた。そこまで管理するからには、何か意味がありそうなものだが、一年間働いてみて、その違いは彼女にはわからなかった。未熟なのだろうか。もっと働いていけばその違いがわかるようになるのだろうか。

「それにしても、来月は、エプロンが結構多いな」

働きはじめた頃は月に一つか二つだった「エ」の文字が、来月はほとんどの出勤日に付いている。その様子は異様だった。これならむしろエプロンのいらない日に早《無》、遅《無》と付ければいい。そして凡例に「無印：エプロン着用」と書けばいいのではないかと考えたりもしたのだった。彼女は疑問を持っているというよりは戸惑っていたのかもしれない。何かが起こる予兆なのではないか。この際、なんでも知っている兄に相談してみよう。そう思ってメッセージを送ってみるが、どこにいるのか、送ったLINEは既読にすらならないのである。

妄想が直ちに答えを与えてくれるわけではない。むしろ、謎が謎を呼ぶばかりだ。エプロンの意味、兄の行方。ぼんやりと考えていると、店員さんが再び水を注ぎに来た。その時、エプロンの胸元に白い粉が大量に付いていることを私は見逃さなかった。その店員さんが今度は向かいのテーブルにパンケーキを運んできた。パンケーキの上には粉糖がたっぷりかかっていた。ひょっとして！

「つかぬ事を伺いますが、エプロンをしている店員さんは、粉糖をまぶす資格を持っているということなのでしょうか？」

「粉糖？　えっと、どういったご用件でしょうか」

私はこのような質問をしたくて仕方がないのだが、ギリギリのところで思いとどまった。何の気もなしに私は出かけ、出かけた先で何かを見つけてしまうのである。真相はよくわからない。

ゴールデンウィークが終わると、あっという間に暑くなった。しばらく前から工事をしていたところに突如としてタピオカミルクティーの店がオープンした。オープンしたといってもあるのは奥のタピオカミルクティーを売るカウンターだけで、六畳ほどの広さの正方形の店内には他に何もない。壁もつるっとしているし、店の外には看板もない。ないない尽くしだが、それでもオープンするとさすが流行りの飲み物だけあって、客が列をなした。通りすがりの人たちも、とうとうここにもタピオカミルクティーの店が！と興奮気味に話して通り過ぎていった。

私は毎日前を通るたびに観察していた。早朝から夜遅くまで営業するこの店では、早朝と夜では随分と印象の異なる人たちが働いているようである。この店以外にも行く先々でタピオカミルクティーの店を見かけるようになった。コーヒーチェーン店でもタピオカ入りのドリンクを出すようにもなった。私はここでふと不安になったのである。これほど急にタピオカミルクティーを日本で消費しだしたら、タピオカやタピオカの原料が不足したりしないのだろうか？

それに、以前からよくあったココナッツミルクにタピオカの粒を入れたデザートはタピオカの粒がせいぜいイクラくらいだったが、タピオカミルクティーのタピオカはビー玉ほどもある。直径が三倍くらいあるのだから、体積で言えば三の三乗で利いてくるはずだ。件の店ではないのだが、タピオカミルクティーを提供しはじめたカフェが、案の定、タピオカを確保するのが難しくなり、早々にメニューボードにSOLD OUTのラベルを貼りつけていた。

しばらく前のことだが、蔵前のH.A.Bookstoreに行った。そこで前から気になっていた『サンダー・キャッツの発酵教室』（ferment books）を買って帰ったのだった。買って帰った『発酵教室』を家の読みたい本の山に寝かしてあった。ふと思い立って読み始めると、ザワークラウトや、味噌、そしてテンペなどが紹介されていた。テンペは懐かしかった。そして、仕事の帰りにタピオカの店を通り過ぎたところで、突然思い出した。駐在時代に、タピオカの原料であるキャッサバという芋を発酵させたタペ（タパイとも言う）という食物に魅せられていたのだ。キャッサバを蒸して、菌をまぶし、バナナの葉に包んで温かい場所で発酵させたタペがおいしかったこと。タペは発酵して、甘酸っぱく、芋焼酎のような香りのすることなどを、私は次々に思い出していた。タピオカブームでもキャッサバやタペは健在だろうか。人々の暮らしを脅かしてはいないだろうか？

インドネシアの首都近くの空港からいくつもの山を越え、一昼夜車を走らせ一面に広がる畑にたどり着いた時、通訳を介して聞かされた、

「もうキャッサバはありません」

という言葉に、全身の力が抜けた取手翔は地面に崩れ落ちそうになった。しかし、どうしてもタピオカのためのキャッサバを調達しなければならないビジネスマンの彼はどこに行けば手に入

るかを聞き出し、まだどの企業も見つけていないキャッサバの産地を目指した。

がらんとしていた店内にも徐々に椅子が置かれ、壁にメニューボードが吊り下げられた。あるいは外に立て看板が出されるようになり、ガラスに店名のロゴが貼られ、ようやく店らしくなってきた。だが、店らしくなるにつれて、気温が下がりだし、六月だというのにまるで四月か五月かというような気温になった。気の毒なことに店にはタピオカミルクティーを求める客の姿はほとんどない。はてどうしたものかと考えていると、ガラスに貼り紙がされていた。

寒気のため、
氷なしサービス中！

確かに氷の入った冷たい飲み物はいらないだろう。だが、そもそも冷たい飲み物すらいらないような寒さなのだ。この梅雨寒もじきに暑くなるだろうと高を括っていたが、天候不順はなんと半月以上続いた。店は閑古鳥が鳴いていた。ふと傘をさしながら夜、店の前を通りかかると貼り紙が新しくなっていた。

寒気のため、
ホット展開中！

またしばらくして、タピオカミルクティーの店の前を通り過ぎると貼り紙が目に入った。

八月からオープン時刻を
八時から十一時に変更します。

幾夜も再び車を走らせ続け、そして何日目かにとうとう取手翔は大量のキャッサバを手に入れた。ただ、自分がもはやどこにいるのかわかっていなかった。キャッサバの入手を伝えねばならないのに、携帯電話は圏外になっていた。今度は車を反対に走らせ、山を下り、ようやく東京に連絡を取った。
「大量に確保しました」
しかし、東京の上司の反応はよくない。

「キャッサバはもういい。帰ってこい」

「でも、大量のキャッサバを調達してしまいましたよ」

取手翔は梅雨の長雨のことを知らなかった。彼は山をなしたキャッサバの前で途方に暮れるしかなかった。


私は心の中で取手翔に呼びかけていた。タペを作ればいいんだよ！　タピオカミルクティーの次はタペが流行る。私はそれを夢見ているのだった。取手翔が汗を流してキャッサバを蒸し、蒸したそれに菌を振り掛け、そしてバナナの葉に包む姿を思い浮かべていた。葉っぱに包まれたキャッサバが農家の隅の温かい場所で少しずつ発酵してタペへと姿を変えていった。なんとも言えない甘酸っぱい香りが口の中に広がるような錯覚に私はとらわれていた。


（つづく）

二〇一九・九

東京で会いましょう

ビラ＝マタスの『パリに終わりはこない』で、パリでの修業時代について聴衆に話す作家の「私」は、憧れのヘミングウェイにせめて見かけだけでも似てきていると信じることで、どうにか青春時代の自分との繋がりと精神の平衡を保とうとする。当時の彼は読むと死んでしまう小説なるものを思いついたのだが、どうすれば小説を読み終えた数秒後に読者を殺すことができるだろうかと考えあぐねていた。本書の読書会に参加して様々な感想や見方を聞くうち、私はあることを思い出し、こう言った。

「読むと肩こりが治る小説を書いたことがあるんです」

私は無茶な話を書いた作者に感情移入していた。みな唖然とし、一斉に笑い出した。そして笑いがおさまると、あなたが書いた肩こりの治る小説とはどのようなものかという質問が投げかけられることになった。はて、私はどのようにして、どのような小説を書いたのだっただろうか。

　確かに私はかつて肩こりの治る小説を書いたが、当初からそれを標榜していたわけではなかった。仕事の不毛感に圧倒され体調のすぐれない一人の男がおり、会社帰りにふと立ち寄った整体院で師に出会う。男は修業して、整体師としてひとり立ちする。ところがその過程でしばしば骨盤調整の練習台にさえなってくれた彼女が去っていく。ベッドで寝ている患者に向かって、さらにもう一段階力を抜くことができるのですよ、と男は言って手をあてた骨盤のゆがみから不意に彼女を思い出す。むろん、これを読んでも肩こりは治らない。しかし、肩をひどくこらしては繰り返しこの作品を思い出すうち、どうやら私は読むと肩こりが治る小説を書こうとしていたのだと気づいたのだった。私は切実な肩こりである。そして、もし私の肩こりが治るとしたら、読むことによってではないかと考えている。うまくいけば、私はノーベル賞を取るだろう、医学賞を小説で。

　思い返せば、他にも私は可笑しな小説を書いてきた。その一つが『僕には荻窪で降りる人がわかる』である。仕事帰りの中央線の快速電車で立っていられないほど疲れてつり革に摑まっていた私は突然このフレーズを思いついたのだった。不思議なことに小さな声でそれを口に出してみると、そんな力が私にも備わっているような気がして、力がみなぎってきた。ところが友人に話してみると、こう言い返されたのだ。高校生の制服を覚えればいいんだよと。だがそれでは「僕には高校生の制服の区別がつく」になってしまうではないか。知識に依って可能になるのではなく、単に「荻窪で降りる人がわかる」のでなければならない。最近、また通勤で中央線を利用するようになった。前の席に座った婦人が風貌から荻窪で降りそうであると気づく。継続こそ力だなと私は思う。席の前に立ち、そろそろだなと考えていると、気づけばもう国分寺だ。つまり、まだ私には荻窪で降りる人がわからない。

おわかりのように、かつて書いたいくつかの小説に個人的な思い入れはあるものの、大したものではない。だが、こうして振り返ってみると我ながら可笑しな題材をよく思いつくものだと感心せずにはいられない。

いつしか私は小説を書くよりも、ただひたすら読むことが楽しくなっていった。そして大好きな小説を繰り返し読んでいる時に思いつき、『『百年の孤独』を代わりに読む』を書いた。どうやら私はどうやったら可能になるのかすらわからないこと、そもそもどのようなものであるかもわからないことについて、好んで書いてきたようだ。

今、私は『パリのガイドブックで東京の町を闊歩する』を執筆中である。そんなことがいったい可能なのだろうか?と考える。けれど、だからこそずっと頭の中でどうやって歩いたらいいのかと繰り返し考えつづけ、東京の町を歩く私は期待に胸を膨らませる。不可能であることは私にとって障害などではなく、思考や行動の原動力なのだ。おそらく誰も歩いたことのない歩き方で東京を歩くことになるだろう。もし、見かけたら声を掛けてください。東京の町で、あるいはパリで、そして肩こりのない世界で。

二〇一九・一

本屋に行く

それは慣用句か？

子供の頃に種なしブドウといえば小さい粒のデラウェアだった。子供でも粒を吸えば、実がぷりっと飛び出す。次々と食べ、実が取られ裸の軸の横に食べたブドウの皮を盛り、ちょっとした征服感を味わったものだった。いつ頃からだろうか。種のないだけでなく、皮まで食べられるブドウが果物売り場に並ぶようになった。食べやすさのことを考えたら、種のないブドウばかりになりそうなものだ。だが種のあるブドウは今も健在である。例えば巨峰だ。大きな実の皮を剝いて口に入れ、あるいは粒の先端をつまんで軸との結節点（何というのかわからない）を吸うと、実がその圧ですぽっと口に入り、口内にブドウの果汁が広がる。それから、口の中で柔らかく嚙み、種を取り出す。ここでうっかりガシガシと嚙もうものなら、種を砕き、口の中に苦味が一瞬にして広がってしまうのである。こうなってしまったらせっかくのブドウの味は台無しだ。子供の頃、皮を上手に剝けず、また吸い付いて実を取り出せない私は皮ごと口に放り込み、そのまま咀嚼して苦味を何度も経験した。だから、皮を剝こうと、皮ごとであろうと、最初のひと噛みはゆっくりだ。そうやって歯が何か硬いものにあたったら、舌で実を半分に開き、中にある種をうまく取り除く。舌で取り除いた種を指でつまみ取り、種を見て皿に出してほっとする。まるで不発弾の弾頭を取り除く（取り除いたことはないが）兵士のような心持ちだ。ようやく安心して今度は平生の速度で種の取り除かれたブドウを噛む。そして不意に硬いものを噛んでしまう。こうなると悪夢だ。口の中に苦味がわっと広がる。種を二つも取り出して安心していたが、種はまだ残っていたのである。

一粒のブドウから種を取り出して安心していると、まだ残っていたブドウの種を噛んで苦い思いをする。このようなことをうまく言い表した慣用句が何かなかっただろうか？　いや、私は決して何でもかんでも慣用句に置き換えたいわけではない。慣用句でまとめてしまうのではなく、ブドウの種の話はブドウの種の話として、一方で誰かがスイカの種で痛い目にあった話があるのなら、それもまたスイカの種の話として、というようにそれぞれの文章をむしろ楽しみたい人間である。だがしばしば、そういう個々の話を味わいたい私の中に、一方でまた状況をうまく言い表した慣用句があったはずだという感情が芽生える。できることならこの状況をその的確な慣用句で言い表さないではいられない別の私が途端に声をあげはじめるのである。「二度あることは三度ある」だろうか。「寝耳に水」というほどでもない。ひょっとしたらまだ種があるかもしれないと薄々感じてもいたのだ。「石橋を叩いて渡る」の反対のようなことだ。叩かなかったばかりに、苦味を味わうことになった。いやしかし、いくら考えても的確な慣用句は思い出せない。

しばらく前に何日も風邪で伏せっていたことがあった。風邪で寝込んでいる人を看病しに来た人が風邪に罹ってしまったら大変だ。その時も突然、慣用句で言い表したい衝動に取り憑かれた。何と言うべきだろうか。これは「ミイラ取りがミイラになる」というのは多分おかしい。私はミイラではないし、見舞いに来た人はミイラ取りではないからだ。だが、そうなると、この慣用句はミイラ取りにしか使えないのか。もちろんそんなことはない。だがいくら考えても、どうして使えないかをうまく説明することが私にはできない。「医者の不養生」というのも明らかに違う。では、このような状況を何と言えばいいのだろうか。こうして度々慣用句で言い表したい衝動に襲われるが、にもかかわらず私は慣用句に疎いのである。よく人が咄嗟に状況を慣用句で言い表すのを聞いていて感心する。もちろん意味がわからないのではない。言われてみればわかるのだ。しかし、私はいつもいい加減に覚えているので、瞬時に正確な慣用句で言うことができないのである。それでも、人と話していれば、慣用句でうまく言えそうだという時があり、だが一方で慣用句を正確に覚えておらず困った私は自信なく、「喉元過ぎれば……」などと慣用句の上の句（前半）だけを呟くと、相手が「喉元過ぎれば熱さ忘れる」と下の句を付け足した完全な形で言ってくれる。「喉元過ぎれば熱さ忘れますね」とまるで自分が言ったかのように慣用句を言い直す。何とも情けない。しかし、喉元過ぎればなんとやらで、その時はちゃんと覚えようと改心するものの、すぐに忘れてしまうのだ。

こういう時こそ本屋に行くべきではないか。急に寒くなり遠出するのも億劫になった私は駅前の書店に飛び込んだ。目の前には雑誌に、新刊の文庫、壁際には文芸書が並び、海外文学も充実している。ビジネス書だけではなく人文書も選書がよく、ここではじめて知る本も多い。いつもわりと小さな出版社のフェアをやっていたりして、通うのが楽しみだ。以前は別の店舗だったコミックも二階に移ってきた。私にとってはなくてはならない普段使いの街の本屋さんである。慣用句の本を探しにきたというのに、ついつい他の本に目移りしてしまう。だが肝心の慣用句の本はなかなか見つからない。もはや人々は慣用句への興味を失ってしまったのだろうか？　ぐるっと店内を回り、レジの前に辞書と並んで慣用句の本を一冊なんとか見つけ出したのだった。

『パンダでおぼえる　ことわざ慣用句』（学研プラス）

パンダで覚える気などまったくなかったのだが、何かの縁だ。それに本屋さんにはこれ一冊しか慣用句の本が見当たらなかったのである。もはやパンダで覚える気があるかどうかにかかわらず、私はパンダで覚えるしかないのである。人生で必要なことわざ慣用句はすべてパンダで覚えた！　そう言う日も遠くないのかもしれない。今後はそう言っていくぞと、もはや開き直るしかなかった。ページをめくると、慣用句やことわざが並び、その一つ一つに例文があった。だが、興味を惹かれたのは、その状況を表した写真のパンダたちの姿であった。とにかくパンダがかわいい。パンダたちのことが気になり、私は慣用句を覚えることができない。実物のパンダは一度だけ上野で見たことがある。公開から少し経ってから訪ねた時、パンダは連日の公開にくたびれていたのか、跳び箱のような形の木の台にうつ伏せで覆いかぶさってぐったりとしていた。見学者などまったく興味がないようであった。だがこの本のパンダは違っていた。違っていたので、次々とページをめくった。まるで一月にカレンダーを十二月までめくって写真を見てしまうように。そして、すっかり慣用句のことなど忘れてパンダの写真を眺め終えると、積ん読の山に本を積んでしまったのだ。本を買うだけで安心してしまい、中を読まずに積む。このような状況も何か言い表した慣用句があったような気がするが、思い出せない。積んでしまった慣用句の本の中にその慣用句があるかもしれないが、パンダのことばかりが気になって、ちゃんと読まなかったので思い出せない。

思い出せないのなら、あるいは的確に言い表した慣用句が見当たらないのなら、もう新しく慣用句を考えればよいのかもしれないと無謀なことを考えたりもする。だが私が考えた誰も知らない表現はもはや慣用句ではない。ただ、どのような表現も誕生した瞬間には慣用句ではなかったはずだ。そう気を取り直して考える。わかりやすくいうなら「種なしブドウの種を噛む」とすればよさそうなものだ。種なしブドウにまさか種があるとはね。だがしかし、私が噛んだのは種のあるブドウだったのだし、不意を突かれたのではない。用心は十分にしていたのである。ただ、用心して種を取り除いた後で私はすっかり気を緩めてしまったのだった。そして、気を緩めた私は実の中に残されたもう一つの種を不覚にも強く噛んでしまったのである。では、事実のまま「種のあるブドウの種を噛む」とすべきだろうか？　しかし、それではただの不注意にしか聞こえないし、誰の同情も得られない。何しろ種のあるブドウに種があるのは当たり前だからだ。

そもそも事実にこだわって「種なし」とか「種あり」とわざわざ言う必要があるだろうか。種の有無にかかわらず、単に「ブドウの種を噛む」で十分伝わりそうなものではないか。こうして私はただの表現を慣用句に昇華させるべく、推敲を繰り返した。果たしてこれは慣用句として残るだろうか。

食卓で冊子を手にしていた取手・鈴木謙太郎は、思いも寄らないところに誤字を見つけてひどくショックを受け、こう言ったのだった。

「ブドウの種を噛む」

一緒に食卓を囲んでいた子供たちは聞き慣れない言葉にきょとんとした。

「えっ、どういうこと？」娘の取手・鈴木梨花は父に尋ねた。

「かつて、ブドウには種があったんだよ。種は噛むと苦かった」

だが彼はブドウを食べているわけではなかった。二十二世紀半ばに暮らす彼らは、ほとんどの文章を空気中に映写されたホログラムで読んだ。自分の文章が紙に印刷されたのは随分と久しぶりのことだった。紙に印刷するのは取り返しがつかない。用心して推敲したはずだったが、ここは大丈夫と思って見直さなかった表題に誤字が残っていた。

「つまり気を緩めず用心しておきなさいということだよ」

そう言って食卓の上に辞書を開いた。と言っても、それもまたホログラムで映し出された辞書だった。宙に手をかざしてホログラムをなぞると、思い通りのページが開いた。思い通りのページが開くなら、どうして手をかざさなければならないのだろうと彼はいつも不思議に思っていた。

【ブドウの種を嚙む】
種はもう残っていないと思って、不意に種を嚙んで苦い思いをすること。転じて、気を緩めて痛い目にあうこと。

私は思う。転じてみたい。転じてこそ慣用句だ。そして、ふと思い当たった。「本屋に行く」は果たして慣用句たり得るだろうか。少なくとも私にとって本屋は頻繁に行く場所であるし、「本屋に行く」と頻繁に口にする。まさに私にとっての慣用句である。だが、私的な慣用句にどのくらいの意味があるのかはわからない。

取手・鈴木梨花は、本屋に行くとしばしば口にするのだが、実のところ彼女が本屋に行ったことはなかった。では彼女はなぜ本屋に行くなどと言うのか。それは彼女がエレメンタリー・スクールで「本屋に行く」という慣用句を覚えたからだ。むろん、彼女もまた慣用句に強いわけではなかったのだが、ある時テストで酷い点数を取り、そこで習った慣用句をノートに十回ずつ書き写すこと（二十二世紀にもノートに書き写し！）が宿題として出されたのだった。

【本屋に行く】

何か必要な本を探したり、購入したりしに行くこと。店内を歩いていると、普段は通り過ぎるだけの棚に置かれた一冊の本と目が合い、なぜか手にとってみたらまさに知りたいことがそこに書いてあるといったことがしばしば起きる。転じて、偶然の出会いを誘発すること。

このような項目が食卓のホログラムに映されることはあるだろうか。

（つづく）

二〇一九・十二

串揚げ屋の向こうへ

旅先で早朝の商店街を歩いていると、串揚げ屋が目の前に現れた。だが串揚げ屋はやっていなかった。ではなぜ串揚げ屋だとわかったか。それは大きな文字で「ソースの二度漬けは堅くお断りします」と書かれていたからだ。あんなに大きな文字で二度漬け禁止を伝える店を私はかつて見たことがない。店のシャッターいっぱいにそう書かれていたのである。そう書かなければ二度漬けする者があとを絶たないのだ。だが、と私は思った。シャッターに書いたのでは、串揚げ屋が営業している時、とうの客はその注意を見ることができないのではないか。店主は深夜、ああ今夜も二度漬けする客がいて参ったなあなどとぼやきながら店を閉め、シャッターを下ろす。二度漬け禁止の大きな文字が目に入る。そう、二度漬けは禁止なんだよ、と店主は思い、シャッターの注意を守らない客に苛立ちを覚える。だがそれでは手遅れだ。店主もそのことには薄々気づいていて、策を練っていた。屋根の上の看板に書けばいい。確かに、屋根に据え付けられた看板には店の名前ではなく、大きな字でこう書かれていた。「ソースの二度漬けは堅くお断りします！」。これでよしと店主は安心した。ところが夜、店を開けてみると外は真っ暗だ。看板の文字もよく見えない。客は再びソースを二度漬けしてしまう。そこで店主は思いついただろう。暗いなら照らせばいいと。確かにその看板を両脇からスポットライトが照らし出していた。「ソースの二度漬けは堅くお断りします！」の文字が輝いていた。

旅から戻ってきてもふとした機会にこのことを思い出した。なぜ店主は最初に気づかなかったのか。それとも当然わかった上でシャッターに書いたのだろうか。ひょっとして彼は街の人たちに串揚げ屋でのマナーをただ伝えようとしているだけなのではないか。そもそもこのシャッターの向こう側は串揚げ屋ではないのではないか。串揚げ屋でのトラブルに彼は心を痛めていた。なぜ世界はこうも争いが絶えないのか？　恒久平和を切望する男がシャッターの向こう側でただ祈っているのではないか。

二〇一九・十一

本屋に行かない

こうして「本屋に行く」を書かせてもらうようになってちょうど一年になる。一周年だから何か普段できないことに挑戦したい。そう思ったのは去年の暮れのことだった。それは例えば、ちょっと簡単には行けない遠くの本屋、アフリカの本屋、喜望峰に行く道すがらにある小さな本屋に行ってみる。それとも南米の？　いや国内だがほとんど開いていない気まぐれの、所在も明らかでない本屋に行く。とにかく、たどり着くのが難しい本屋に行ってみようということだったかもしれない。だが、考え直した。私は常日頃、原理的に不可能なことに挑戦しているのだ。例えば、本屋に行かずして、本屋に行くのはどうだろうか？　どうだろうかと言ってはみたが、意味がわからない。行かずして行くあてはない。ただのナンセンスなのか。そうだ、夢に見ればよいのである。けれども、どうやったら夢に見られるのだろうか。

毎日のように、なんなら日に何軒もはしごすることすらある本屋にしばらく行かなければ、本屋に行きたいという欲求が、私に本屋に行く夢を見させてくれるのではないか。十二月の下旬、クリスマスのあたりで私は本屋に行くのを完全に止めてみた。数日ならいざ知らず、一週間以上本屋に行かなかったことは物心がついて以来ほとんど経験がなかった。これだけ日々行っていたのをピタッと止めてみたら、数日で夢に出てくるにちがいない。そう考えていた矢先、四十度の高熱が出た。医者に行った。高熱でも何もせずに「風邪ですね」といつも診断してしまう先生が喉を見るなり「これはあやしいなあ」と呟いた。検査してもらうと、インフルエンザだった。検査キットのA型のところにクッキリと線が現れていた。本屋に行かないと、A型インフルエンザに罹る。一向に熱が下がらず、うなされていた私はそう結論付けてしまいそうになった。だが、まさかそんなはずはない。五日ほどは体も動かせず本屋に行くことはできなかった。だが、本屋に行く夢は見なかった。

正月を挟んで本屋に行かない日は十日を超えた。意識的に本屋に行かないようにすると、思わぬところに本屋があることに気づくようになる。飢えとは恐ろしいもので、コンビニや駅の売店でさえも、本屋に見えてくるから不思議だ。玄関に積み上がった自著の在庫の山を見ると、ひょっとしてうちも本屋なのではないかという疑問すら湧いてきた。うっかり入ってしまわないように、日々の通勤の途中にある本屋の前を、離れて歩く。なるだけ中を覗き込まないように、通りの反対をよそ見せずただ前を向いて歩いた。

もちろん、実際の本屋には入らないが、夢に見るための準備に抜かりはなかった。行くとしたら独立系書店だろうか、それとも大型書店だろうか。夢で行く場所に決定権があるのかは甚だ疑問だが、大型書店となると、広い店内で本を棚から取ってからレジに向かうまでに時間がかかるものだし、レジも混雑しているかもしれない。レジを担当する店員が並んだ客の列を見て、慌てて店内のスタッフを呼び集めようと鐘を鳴らす。ああ、鐘が鳴っているなあと列でぼんやりしていると、そこで目が覚める。鐘の音は目覚ましのベルだった、ということが起こらないとも限らない。

取手翔が近ごろ本屋に行くのはもっぱら夢の中である。生命保険会社が昨年行った暮らしに関するアンケート調査でも、「いつ本屋に行きますか？」への回答で二位以下を大きく引き離して一位が「夢」であった。「忙しい現代人が本屋に行くのは今後も夢が中心になるだろう」と主管アナリストはテレビで解説していた。

「カバーはお掛けしますか?」と店員さんが問い、

「お願いします」と取手翔は答えたが、目の前の店員さんが文庫本をカバーに挿そうとするも、うまく入らずに難儀している。

「ハヤカワ文庫は少し背が高いんですよね」と彼は店員さんに言ってみる。ハヤカワ文庫は確かに少し背が高いのだ。だが、夢なら文庫サイズのブックカバーに、新書はおろか、菊判のハードカバーでも、なんなら函入りの全集であっても入りそうなものだが、本とブックカバーのサイズの物理は律儀に守られているらしい。取手翔は夢の中でも世界に秩序があることを好ましく思った。ようやくカバーを掛け終えると、今度は、

「ポイントはそのままお貯めしますか?」と店員さんが問うた。

「お願いします」と答えたのだが、ここで貯めたポイントはまた次に夢に見た時に使えるのだろうかと彼は思う。しかし、夢の中で「また夢に見れますか?」などと聞くことはできないのである。だがどうだろう。代わりに「次回に使えます?」と尋ねれば、「はい、もちろんご利用いただけますよ」と返ってくるだけだ。知りたいのはそれではない。この本屋に来る夢はまた見られるかどうかが知りたかった。だが、ここで彼は重大なことを思い出した。ここのポイントカードを持っていなかったのだ。彼は苦笑した。

「では、ポイントカードはお作りしますか？」

彼は考え込んだ。「次に来る機会はないから」と言うのはあんまりだ。

「なかなか来れる場所ではないので」

そう、なかなか来られないのだ。ところがポイントカードを断り、支払いのために財布を開くと、店員さんが、

「あ、その青いカードが当店のポイントカードですね」と教えてくれた。そうか、ここのポイントカードを持っていたのか。だが取手翔は財布から取り出してみて驚いた。それは近所のクリーニング屋のカードだったのだ。

「すみません、これはクリーニング屋のカードでした」

一瞬、夢の中のことなので、クリーニング屋のカードにも書店のポイントが貯められるのではと彼は考えたが、それはダメらしい。

「では、レシートのバーコードを次回お持ちください。三週間以内でしたら、ポイントカードにおつけできます」

私は三週間以内にもう一度この本屋に来ることができるだろうか？

こうして取手は本屋に行く夢を見ると言っても、いつも会計をするばかりで、会計のことはよ

く覚えているのに、夢から覚めると買った本のことはまったく覚えていなかった。

夢の大型書店で本を買うまでには、多くの困難が立ちはだかっている。きっと途中で目が覚めてしまうに違いない。私はそうした困難を順に検討しながら、実生活では決して本屋には行かなかった。最初のうち、それはなんともなかった。だが、残り一週間となったところで、突然猛烈に辛くなった。いっそ、駅前で本屋に飛び込んでしまおうか。計画などクソ食らえだ。渋谷に出たついでに、本を持てないくらいに買ってしまおうか。むしゃくしゃして買ってしまいましたと降参すればいい。だがしかし、辛さに耐え、悶えているうちにとうとう一月十一日がやってきた。何とか私は思いとどまったのである。

一月十一日は大船のポルベニールブックストアで十七時退勤社の橋本さんとトークイベントをすることになっていた。実に三週間ぶりに本屋に行ったのだった。何度か訪ねているが、通りから見える木を基調とした明るい店内は、いつもとても風通しのよいものを感じさせる。そして久しぶりに行く本屋は新鮮で、あれこれと目移りしてしまった。トークイベントも楽しく話し、終わってから店主の金野さんと三人でお酒を飲み語らい、帰宅して気持ちよく眠って目が覚めた。三週間に及ぶ本屋に行かない生活は終わりを迎えた。だが、本屋に行く夢は見られなかったのだった。

私は年の瀬に本屋に行く夢を見るという目標を立てた。そのために、本屋に行くのをしばらく断った。だが、結局、本屋に行く夢は見られなかった。もっと簡単に見られると思っていた。本屋にあれほど熱心に通い、思い入れもあるはずだった。しかし、私の思い入れは夢を見るほどには強いものではなかったのだろうか。落胆した。いや、しかし、初夢に見ようなどと決心した瞬間に結果は明らかだった。あの人に夢で逢えたらなどと思っている時には見られないものだ。むしろ、意識もしていなかったのに、ふと突然夢に見る。そして準備も何もしていなくて、無防備にただ夢に見て、そして目が覚める。ああ、もっと続きを見たかったと思う。何かあったんだろうかとその人を想う。そういうものだ。本屋に行かないこととインフルエンザに罹ることとの因果関係はすぐに棄却できる私だが、本屋に行かないことの帰結として本屋に行く夢が見られると考えてしまう程度に頭はお花畑であった。

だが、本屋に行かないものの、年が明けてすぐに、今年はあれを読もう、これを今年こそは読もうと考えていた。それはトーマス・ベルンハルトの『消去』であったり、ベーシック・インカムについての本だったりしたのだが、考えを巡らせているうちに、新しい訳が出たベケットの『モロイ』『マロウン死す』『名づけられないもの』の小説三部作を読もうと考えていたことを思い出した。というよりも、三部作を読もう、少なくとも買おうと思ったこと、いや、そう思い立って年始早々に本屋に行ったではないか。行ったのか？　もちろん私は年始早々に本屋にベケットの小説三部作を買いに行ってなどいなかった。本屋断ちをしていたからだ。だが、私には棚からベケットの三部作を一冊ずつ順に手に取り、一通り手に取ってみると、また戻って『モロイ』を手に取り、ページをめくった感触があった。本を開き、挟まれた判型ギリギリのサイズのうす紫色の栞、栞というには冗談のように大きい栞を見てニヤリとし、冒頭を読み、そしてレジへと行った記憶が確かにあった。これはいったいどういうことなのだろうか。わからない。私はあまりの渇望から知らず知らずのうちに本屋に行き、無意識のうちにベケットの小説三部作を購入して帰ったのだろうか。それとも取手翔の仕業だろうか。まさかと思って家の中を探してみた。幸い、小説三部作は一冊も部屋にはなかった。あれは紀伊國屋書店新宿本店のような店だったが、実際の紀伊國屋書店新宿本店ではなかった。その後実際に行って見た。『モロイ』は一冊ずつシュリンクされていて、中は確認できなかった。私はやはり夢に見ていたのだった。夢の中でベケットの小説三部作を手に取り、そして、中味を確かめて、今年はベケットを読むぞとの決意のもと、レジへと向かったのだった。

ほとんどの夢は忘れているという。そして、何かの拍子に、見た記憶すらない夢を突然に思い出したりする。『モロイ』を買う夢がまさにそれだった。私は『モロイ』を買う夢を見ようとしたことはなかったが、意図しなかったためにその夢を見た。『モロイ』を私はまだ読んでいない。いや、少しだけ読んだ。今年、私は『モロイ』をどうにかして読まねばならないだろう。

これは完全に余談だが、南米の最南端、ホーン岬への道すがらにポルベニール（未来）という町があるのをGoogle Mapsで見つけた。この地にもポルベニールブックストアは存在しているだろうか？

（つづく）
二〇二〇・三

正解は一つではないが

新型コロナに翻弄された一年だった。中国・武漢での感染拡大の報せを対岸の火事と呑気に眺めていたのがすっかり遠い過去のようだ。しばらくすると、日本でも感染が広がり、棚からマスクや衛生用品が消え、毎朝、ドラッグストアの前にはそれらを求める人々が長蛇の列をなした。外に出るにはマスクをし、以前にもまして熱心に手洗いやうがいを励行した。

私の家の洗面所には泡ハンドソープがある。新型コロナの前から手洗いは泡ハンドソープだ。ふつうのハンドソープから、はじめて泡ハンドソープに変えた時の感動は忘れられない。ボトルのポンプをぐっと押し込むと、少々大きめの四角い口から白い泡がもくもくと出てきた。何度やっても、泡が出てくるのがたのしい。それが、コロナ禍はじめての桜も散り、気候もずいぶん穏やかになった頃、いつものようにハンドソープのボトルに手を伸ばすと、泡が薄いというべきか、空気ばかりで石鹸成分が少なくなってきていることに気づいた。ポンプも軽く、押し込んでもカスッ、カスッと空気の音がするではないか。ボトルを持ち上げてみると、ボトルの中の石鹸液がほとんど尽きていた。これは近いうちに詰め替えを買ってこないといけないなと思ったのだった。

だが、まだその時分でも衛生用品の品薄は続いていた。列をなすほどではなかったが、毎日買い物に出かけるたびに駅の近くのドラッグストアを覗いては、泡ハンドソープの詰め替えを探した。いや、それほど熱心に探していたわけではないのかもしれない。何かのついでだったというべきだろう。実際、ある日私は泡ハンドソープの詰め替えを見つけた時に、むしろ困ったことになったと思ったほどであったからである。何しろ、目の前の棚には珍しく「キレイキレイ薬用泡ハンドソープ　詰め替え」があり、すぐに手を伸ばしたのだったが、ふと心配に襲われたのだ。

「我が家のハンドソープは本当に「キレイキレイ」だろうか」

わからない。キレイキレイであったような気もするのだが、もしかしたらビオレu泡ハンドソープであったかもしれない（ところでビオレuのuは何であろう。調べてみたがわからない。白水Uブックスの Uはユートピアの Uらしいが）。必死に目を半開きにして、洗面所の風景を思い浮かべてみると、そこにはビオレu泡ハンドソープのボトルがうっすらと見えるような気もしたのである。ところが、もう一度やってみると、今度はキレイキレイのボトルが見える。これが普段のことならば、家で確かめて、また次の機会に購入すればいい。しかし、コロナは非常事態だ。今日ここで買わなかったら、次に泡ハンドソープがいつ買えるかわからない。それにどうせキレイキレイだろうがビオレだろうが、泡ハンドソープには違いないではないか。香りが少々違うだけだろう。私はまあいいかとキレイキレイの詰め替えパックをレジへと運んだ。

パックを見ると、ボトル二・二回分とある。私はずいぶん得した気分で帰宅した。そして、洗面所に詰め替えパックをいそいそと運んでみて、愕然とした。蛇口の隣にビオレu泡ハンドソープのボトルが佇んでいたからである。困った。しかし、それはそれ。ビオレのボトルにキレイキレイの中味を入れてしまえばいいのだ。だが、気楽に鼻歌を唄いながら、詰め替えパックに手を伸ばした瞬間、大きく書かれた次の一文が目に飛び込んできたのである。

他の容器では泡で出ません。

まさに私がいまやろうとしている行為を否定するような言葉に私は卒倒しそうになった。先送りしてどうなるわけではないが、今日はやめておこう。幸い、残り少ないとはいえ、空気っぽい泡はまだ出るのだ。

以来、洗面所に行くたびに、並んで置かれたビオレu泡ハンドソープのボトルとキレイキレイ泡ハンドソープ詰め替えパックが目に入った。「他の容器では泡で出ません。」じゃあ何が出るのか。私は思う。所詮、泡の出る原理なんて同じだろう。ビオレにキレイキレイを入れても泡は出てくるに違いない。ただ、気になるのは、どうやってこのポンプから泡が出てくるのかということだ。ポンプを押すと泡がどろっと出てくる。これはきっと特許に違いない。一方が特許を抑えていて、同じような泡ハンドソープを出したい他社はその特許を回避するために、まったく違う原理や成分でハンドソープを泡だてているのではないか。そもそも、泡とはいったいなんなのか。やがてボトルの中味はなくなってしまい、いよいよキレイキレイの詰め替えをビオレのボトルに注がざるを得ない時が来た。私は期待と不安がないまぜになったまま、ボトルに注ぐ。そして、ポンプを押すと、泡が出た。泡が出ることがこんなに嬉しいとは！

他の容器では泡で出ません、と詰め替えパックには書いてあった。しかし、キレイキレイはビオレu泡ハンドソープのボトルでもちゃんと泡が出るのであった。ここで私は「世の中、正解は一つではない」などという教訓めいたことを言いたいのではない。ただ、互換性のある世界の方が面白いような気がする。そしてそのためには、やり残したことがある。キレイキレイ泡ハンドソープにビオレu泡ハンドソープの詰め替えを注いでも泡が出るという逆の問いに臨まなければいけないのだ。

二〇二一・五

丘を越えて

説明するまでもなく新型コロナウイルスである。感染拡大防止のために日々の暮らしも大きく変えざるを得ず、気軽に本屋さんに行くこともできなくなってしまった。本連載の熱心な読者（がいるとして）はご存知の通り、まだ新型コロナウイルスの問題が国内で深刻化していなかった前回、まさかこんなことになるとは想像せずに、「本屋に行かない」なるテーマで書いてしまったのだった。もうその手は使えない。では今回は何を書くべきだろうか？

GWの連休中もずっとそのことが頭を離れず、ぐりとぐらのカステラのレシピを見つけて焼いてみるが、カステラが焼けて膨らむばかりで「本屋に行く」のアイデアは膨らまない。本屋に行かなかったわけではない。有難いことに駅前の書店は営業していて、応援するような気持ちもありこのタイミングで買っておいて損はない本、『夜と霧』や『言葉と物』などをまとめて買った。「いつもありがとうございます。またお願いします」といつも丁寧に言ってくださる店員さんの言葉さえも、何かいつになく熱がこもっているように感じられ、「はい、きっとまた参りますよ。きっと」と返したいような、店員さんと握手したいような心持ちに襲われた。しかしいくら感傷に浸ってもアイデアは降ってこない。気づくと連休も残り一日となり、さすがに私も焦り出した。だが、うんうん唸っていても仕方がない。菖蒲湯《しょうぶ》にでも入れば、何か思いつくのではないか。そう思って風呂に湯を張った。スーパーに買い出しに行った時に見つけてあったのだ。そして、タオル一枚を手に風呂に入り、湯船に浸かって「本屋に行く」をどうしようかと考えた。作家の町屋良平さんが小説を書くには血行が大事、小説は風呂に入って書くとどこかで言っていたが、湯船に浸かっていると、確かにアレやコレやと思いついては考えが進み、またそこから別のことを連鎖的に思いつく。やはりここぞというところで菖蒲湯という判断は我ながら正解だったと上機嫌で風呂を出てバスタオルで体を拭いていると、脱衣カゴに立てかけられた立派な菖蒲と目が合った。私は驚きの声を上げずにはいられなかった。つまり、肝心の菖蒲を風呂に入れ忘れたのである。もちろん、今になって考えてみればあれこれ思いついたのだから菖蒲なしでも結構なわけで、しかし私は菖蒲湯に入ろうとして菖蒲を入れ忘れてしまう自分の粗忽さにひどく動揺してしまったのだった。そして、ショックを受けているうちに、思いついたはずの「本屋に行く」のアイデアさえもすっかり忘れてしまったのだった。このことでなお一層動揺したのだが、動揺しているうちは思い出せまい。落ちつけ、落ちつけと自分に言い聞かせながら体を冷ましていると、何か懐かしいものだったなという気がし、そしてそれは突然思い出されたのだった。

藤山一郎だ！

いや、思い出しはしたのだが、藤山一郎がどのように「本屋に行く」と関係してくるのか、自分でもさっぱりわからない。しかし、風呂で「なかなかいい案を思いついた」と満悦であったということは、何かしらアイデアの糸口を私が見出したということなのだろう。こういう時に、どうしたらその糸口をもう一度再発見できるのだろうか？

――はい、もしもし。気になった日が吉日、些細なことでも調査はお任せください。何でも探偵社、担当・取手がお伺いいたします。

電話を取ると必ず口にすることになっているフレーズに気恥ずかしさを感じたのは働きはじめ

いた。

──はい。なんでもお調べします。ええ、はい、お客様が藤山一郎さまをお探しということでございますね。

探偵社の仕事の依頼は大抵の場合、浮気調査や行方知れずの知人の捜索などである。

──えっと、あ、違いますか。大変失礼いたしました。はい。はい。どうして藤山一郎さまを、お客様が思いつかれたのか、教えてほしい。……さすがにお客様の頭の中はお調べすることができかねますが……。

しばしば可笑しな依頼があり、妙な依頼をする人が世の中にはいるものだと感心するが、同時に取手翔は自分に解決できない事件はないのだと腕まくりするのであった。

──いくつかお尋ねしてもよろしいでしょうか？　はい、大変失礼いたしますが、藤山一郎さまはどういった方なのでしょうか？　はい、ええ、歌手なのですね。なるほど。歌手の藤山一郎さまが本屋に行ったかどうかを知りたいというご依頼ですね。少々お待ちください。

取手翔は電話を保留にし、深呼吸をした。そして、とんでもない依頼が来てしまったと興奮せずにはいられなかった。

——藤山一郎さま、という方はどんな歌を歌われて……あ、はい、それなら、はい、わかります。「ラジオ体操の歌」、はい、

新しい朝が来た♪

という歌でございますね。ええ、その方なら、私も少し知っておりました。

丘を越えて行こうよ♪

という曲も、はい、存じ上げております。あっ、どうもありがとうございます。いえいえとんでもないことでございます。私、音痴なものですから。いえいえ、何をおっしゃいますやら。

電話の向こうの依頼人が取手を褒め、少し気をよくした彼はふと思いついた。

——歌手・藤山一郎が本屋に行った手掛かりがないか、歌詞を調べてみてはどうでしょうか？歌の中で本屋が出てこないか調べてみるわけです。はい。ではこれで調査を進めさせていただきます。二日ほどいただければ、はい、結果をまとめられると思いますので、はい、ありがとうございます。

私は藤山一郎の歌の歌詞を調べていく。検索してみると、歌ネット、J-Lyric.net、うたまっぷと次々に歌詞検索サービスが出てくる。私がテレビではじめて藤山一郎を観た頃は、そんな便利

なものはなかった。せいぜいビデオに録って覚えるしかなかった。周りからはそんな年寄り臭い趣味を嫌がられもしたが、のびやかな声の藤山一郎が歌う「東京」は輝いていた。

――はい、もしもし。気になった日が吉日、些細なことでも調査はお任せください。何でも探偵社、担当・取手がお伺いいたします。はい、お調べいたしました。えー、まず五十曲ほど調べましたが、この中には本屋は出てこないようです。ええ、はい、東京の街は、はい、出てまいります。例えば「東京ラプソディ」には銀座、新宿、神田が出てまいります。その後ですか？　御茶ノ水のニコライ堂のことも。はい、ああ、御茶ノ水ならそこから丸善に寄ったんじゃないか？　それはどうでしょう。御茶ノ水の丸善の開業は昭和四十七年、「東京ラプソディ」は昭和十一年発表ということですからちょっとそれは辻褄が合わないようですね。ええ、その後に？　御茶ノ水から坂を下って神保町の本屋に行ったかどうか？　うーん、それは歌詞からはわかりかねます。御茶ノ水に来た人がみんな神保町に行くというのはちょっと乱暴すぎませんか？

――他の歌はどうか？　はい、「僕の銀座」は当然銀座を歌ったもののようですが、「シネマ帰り」とあるだけですね。シネマ帰りに本屋に寄ったか？　うーん、どうなんですか？　はい、ええ、じゃあせめてシネマでパンフレットは買ったのではということですね。そうかもしれませんが、さすがにそれは本屋に行ったとは……。はい、ええ、ご理解いただけてよかったです。「僕の失恋」では「シネマを観に行きませんか」と誘った初恋の相手に「折角ですけど私シネマは大嫌い」と断られています。それで帰りにむしゃくしゃして本屋に？　かなりそれは無理が……。

――他にも「街のセレナーデ」には神田、銀座、浅草と出てまいりますが車で街を走っているだけです。「街のファンタシィー」には「シネマを見たりお茶を飲んだり」と出てまいります。はい、それでお茶の後に本屋にも寄ったりしてないかというご質問ですよね？　あいにく、そのような記述はございませんでした。

依頼人に共感しすぎることはあまり探偵として望ましい姿勢ではないとマニュアルにあるのだが、何とかして少し拡大解釈してでも本屋に行った形跡を見つけたいと取手翔も徐々に思うようになっていた。

――では残りの曲も引き続き調査を続けてまいります。ありがとうございます。取手が担当いたしました。

Apple MusicやYouTubeで藤山一郎の曲をエンドレスに流しながら、藤山一郎の歌った曲の歌詞を順に確認していくと、軍歌が多数出てくることに気づいた。そこに「歩兵の本領」なる曲があり、ひょっとしてと思い出して、後藤明生『挾み撃ち』を開いてみると、確かに小学生であった「わたし」は朝鮮半島北部の永興で「歩兵の本領」をレコードで、そして敗戦するやいなや同じ曲が「労働歌」に替え歌されるのを聴いたことを思い出していた。その「歩兵の本領」のレコードは藤山一郎のそれではなかったか？

だが、今の今まで藤山一郎が軍歌を歌うのを聴いたことがなかった。氏の生涯についてはまったく知らなかった。その軍歌を歌っていた時代についても私は知るべきだろう。私は手っ取り早くWikipediaを見た。明治四十四年に東京・日本橋で生まれた藤山一郎は、昭和六年「丘を越えて」のヒットにより作曲家・古賀政男と共にスターダムにのし上がり、昭和十一年には「東京ラプソディ」が三十五万枚の大ヒットとなる。しかし、翌十二年、「盧溝橋事件をきっかけに国民精神総動員を打ち出した政府は、音楽業界に対し戦意を高揚させる曲の発売を奨励し、ユーモア・恋愛・感傷をテーマとした歌の発売を禁止する指示を出した」のだという。その結果、発売された数々のレコードのうちの一枚が「歩兵の本領」なのだろう。その後、昭和十八年二月には読売新聞社が海軍の要請を受けて結成した南方慰問団に参加。以来、度々インドネシアの各地に駐屯する部隊を慰問するが、終戦とともに独立を果たしたインドネシア共和国の捕虜となり、昭和二十一年に日本に復員した。以降、平成五年に他界するまで折り目正しい歌い方で人々を元気づけ、歌いつづけたことは周知のとおりである。

――はい、もしもし。気になった日が吉日、些細なことでも……。はい、取手でございます。いつもお世話になっております。はい、藤山一郎さまの件でございますね。はい、藤山一郎さまの南方慰問団時代、はい、ええ、なるほど、インドネシアの各島を訪問されて、終戦で一時捕虜になっていた、と。わかりました。詳しくお調べいたします。はい、お任せください。私ごとではございますが、以前にタピオカの原材料の調達でインドネシアの奥地に滞在していたことがありまして、お力になれると思います。あ、それは興味ない？　はい、失礼いたしました。

――それから、先日の調査結果がまとまっております。はい、歌詞検索サービスで藤山一郎を検索し、抽出されました百二十曲余りの曲の歌詞をお調べいたしましたが、本屋、あるいは書店に行ったという形跡は、はい、見当たりませんでした。これは、ご参考までに申し上げますが、藤山一郎さまに限らず、全体でも「本屋」という語の出てくる曲は百曲ほどでして、松たか子「つなぐもの」、エレファントカシマシ「定め」が最近の曲ですと本屋に行っているようでございます。あ、はい、それもお調べしました。「書店」という語はもっと珍しく、高々十曲程度でした。

先にも書いたが、いつかは上京したいという願望の一つには、藤山一郎の伸びやかな声で歌われる「東京」があった。幼い私はまさかその東京が昭和十年頃の東京だったとは気づかなかった。幼かった私のもつ戦前のイメージとは違い、とても華やかに東京が歌われていたのである。上京した私は以来、四半世紀近く東京で日々本屋に通い続けてきた。私が日々通い続けるように都会で暮らす藤山一郎にとってもそれは当然のこと、だからこそ歌詞に歌われることもなかったのではないか。歌にこそ歌われないが、藤山一郎だって本屋に通っていたに違いない。

だが、これはあくまで想像に過ぎない。憧れた歌手じゃないか。折角の機会だ。外出できるようになったら、藤山一郎について書いた本を探しに行こう。どこの本屋にあるだろうか？　近くになければ隣町の本屋に。こういう時こそ、まさに藤山一郎の曲はもってこいだ。藤山一郎の曲を口ずさみながら、東京の町をひとり行進する。見つかるまで「丘を越えて」どこまでも行こう。見上げると、遥か遠くに「青い山脈」が連なっているようだった。

（つづく）

二〇二〇・六

いつだって私にはドトールがあった

私は行く先々のドトールで原稿を書いたものだった。本のレイアウトだってしてした。『百年の孤独』を代わりに読む』の編集の終盤など、InDesignでレイアウトしながら、最後の章を書き、朝から晩までドトールに張り付いてノートPCの画面とにらめっこしていた。

ある日、すでにリタイアしたおじいさんと、おじいさんの秘書なのか、世話している女性がいて、おもむろに「さてはじめましょうね」と言って何やら遺言書を直し始めたので驚いた。おじいさんの方はしかしまったく気乗りしない様子で、ふむとか、はあと言っているだけだった。彼女はあれこれ言うのだが、結局「山田食品は次男の光司に譲ります。」を「次男の光司に譲る。」に修正するというわずかな文体の変更ができたに過ぎなかった。

その頃から、あの空間には何かよそとは違う時間が流れていた。以来、可笑しな人や出来事に立ち会うたびにノートに書き留めるようになった。自動ドアが開く音がして顔を上げると、実に多様な人々がいた。

コーヒーにフレッシュを入れたあとの殻をじっと見つめる女性がいた。これが一つか二つなら気にもならないのだが、机の上にはフレッシュがすでに四つほども開いており、しかもフレッシュを入れたアイスコーヒーには手をつけず、ポーションの殻をじっと見つめていたのである。そして、私も横目でじっと見ていた。すると、突然ポーションに残った数滴のフレッシュを手のひらに垂らし、揉み手でもするように手に擦り込みはじめた。ハンドクリームとして活用しているのである。いったい、どうしてフレッシュの余りをハンドクリームとして使わなければいけないのか。たまたま極度に手が乾燥していたのだろうか。それともいつものことなのだろうか。わからない。

ドトールに長くいると、よく目につくのは資格試験の勉強をしている人たちで、会計士、介護、ITなどさまざまだ。いろいろな資格の勉強で、人々はめいめいのテキストを広げている。ある時、原稿を書いていたら、近くのテーブルからものすごくいい声が聞こえてきた。まるでNHK「ラジオ深夜便」を聴いているような気がしてきた。男性が年配の女性に向かってマンツーマン授業をしていたのである。隣の人に話すだけなのに、日頃教室で教えているのか、店内全体に声が響き渡っていた。

「一ビットで表現できる値は0と1の二通りです。二ビットあると、二通り掛ける二通りで、四通りですね。さて、ここにビットが八つ並んでいます。八ビットあると、何通りの値が表現できるでしょうか？」

講師の男性が彼女に問うと、しかしあたりは静寂に包まれた。年配の女性は、うーん、どうなるのかしらと言って首をかしげる。では、こう考えたらどうなりますか？などと講師の男性はもっと違う問題で助け船を出したりするが、相手は、じゃあこれも四通りですか？などとつぶやいて、要領を得ない。四通りじゃないでしょうと私は思う。では、これではどうでしょうか？と違う質問を講師がすると、またしても沈黙。私はついつい答えてしまいたくなる。もちろん、私が答えたところでどうなるわけでもない。答えるわけではないのだが、原稿をそっちのけで、その問題を聞いて答えを暗算している私に気づくのだった。その後もいかにも情報処理関連の資格試験らしい問題が出題された。講師は私と同年代くらいに見えたが、教わっている女性はかなりの年配で、余計なお世話だが、これから資格試験を受けるのだろうかと考えずにはいられなかった。しかも、なかなか理解はおぼつかない。受験しなければならない事情があるのだろう。しかも個人指導まで頼んでいる。費用は惜しまないから、近日中に絶対に資格を取らないといけないということなのか、家計は切迫しているがどうにかこうにか工面しているのか。そこまでの事情とはどのようなものなのだろうか。わからない。

執筆に推敲、レイアウトに校正。もはや私にとってドトールは編集室であった。時々コーヒーやサンドイッチや甘いものを買い足しながらとはいえ、あまり長時間いるのは迷惑であり、だから私は数時間もすれば店を出て商店街を歩き、駅の反対側にあるドトールに入った。

次はドトールで見かけた人の本を書こうと思うんです、と印刷会社の営業のTさんとも話した。

「見返しを紙ナフキンにしたいんです」

「面白いアイデアですね」とTさんは言ってくれたけれど、おそらく困惑していたに違いない。ドトールで見かけた人をひとりひとりノートに収集し、ナフキンを使った造本を目指す私もやはり可笑しな人に違いなかったのである。

ある時、レジのあたりで大きな声がした。

「アイスクリームないんですって！」と言い放った年配の女性の視線の先では、夫と思われる年配の男性が席に着こうとしていた。彼は振り返ると驚いた様子で声をあげた。

「えーっ、アイスクリームないの⁉　喫茶店なのに！」

この一件でドトールにアイスクリームはないのだと私は肝に銘じた。ところが、またある時、原稿を書いていたら、テーブルを仕切るすりガラスの向こう側に、タンクトップ姿の男がアイスコーヒーのグラスを手にしており、その上に山盛りのアイスクリームが載っているのを発見したのである。ないはずのアイスクリームがあると私は興奮した。それは、コーヒーフロートのようなものだと思ったのだが、一方でとっさに何かが変だとも感じていた。コーヒーフロートにしては、浮かびすぎている。浮かんでいるアイスクリーム状のものが巨大すぎるのだ。そこであらためてタンクトップ姿の男を観察していると、何やら大きなアルミパックから洗濯石鹸の柄杓《ひしゃく》のようなもので白い粉を掬《すく》っては、山盛りの白い山の上にさらに白い粉末を盛っていくではないか。もちろん洗濯石鹸であるはずがない。プロテインだと私は思った。そこには大量のプロテインをアイスコーヒーに浮かべる男がいたのである。コーヒーフロートかと思ったものは、プロテインで、しばらくするとストローでグラスをぐるぐるとかき回し、見た目はミルクコーヒーのようなものができた。男は一息にそれを飲み干した。今度は別の小さなアルミパックからアラビックヤマトの青い内栓ほどの大きさのひじょうに小さいスプーンで白い粉をそおろと掬い、上を向いてそのまま口に放り込んだ。突然、私の口内に酸っぱい味が溢れた。彼が口にしたアミノ酸の粉末が風に舞っていたのである。

ある日、隣の席から、「いやあ、これは困ったなぁ」という男の悲鳴のような声が聞こえたので、何事かと思って見たら、パソコンの画面には将棋の盤面があり、王手がかかっていた。

またある日には、よく日に焼けた七十歳くらいの男性が若い女性とカウンター席に並んでいて、武勇伝のようなものを語っていた。そして、どうもつまり、相手を口説いていたのである。武勇伝は次第に若いもんはなってないという話題になり、やがて最近は何でもすぐに楽をしようとする、例えば無洗米はダメだという話になった。これが一度だけなら覚えてもいないのだが、しばしば遭遇するこの男性が、どんな時も女性を口説いており、決まって無洗米はダメだという話に行き着くのに気づき、私はどうしても書き留めずにはいられなくなった。どうしてそれほど彼が無洗米のことを憎んでいるのかわからない。

ある日、よその街のドトールで編集作業をしていると、キーボードを打つ指先にざらついた感触を覚え、そしてまさかと思って隣を見ると、プロテイン山盛り男だった。空調の風で彼が口に入れようとしていたプロテインの白い粉が私のＰＣの上にさーっと砂嵐の後のように散らばっていたのである。ということは、と私は覚悟した。やがて、息をすると口いっぱいに酸っぱい味が広がった。やはり今度はアミノ酸だった。

こんなおじさんにも出会ったことがある。彼はおもむろに鞄から何冊もの競馬新聞を取り出し、広げて紙面を睨みつけてはサインペンで印をつけていく。ふと机を見ると、そのサインペンが山のように積まれている。私には同じサインペンにしか見えない。二十本近く積み上がっているではないか。通り過ぎるたびにちらっと観察していると、サインペンには黄や緑、青、紫といった色の違う輪ゴムが巻かれていることがわかる。一色のものもあれば、色の違う輪ゴムが二本以上巻かれているものもある。おそらく験担《げんかつ》ぎかなにかで、レースごとにサインペンを変えているとか、枠番ごとに枠番と同じ色の輪ゴムを巻いたサインペンで印をつけるといったことをしているのだろう。では二色の輪ゴムの巻かれたサインペンの使い道はどうなるのか。それに、そのルールはいつどのように形成されたものなのだろうか。試行錯誤しながら、大きな山を当てた時のやり方を繰り返し、うまくいかなかった時のやり方を避けるルールにした。それとももっと確率論に裏付けられた科学的な方法に基づいているのだろうか。そして何より、これまで私はあんなに色とりどりの輪ゴムがこの世に存在するのだということを考えもしなかったし、はじめて知って感心すらしたのだった。

そして、そこに新型コロナウイルスがやってきた。新型コロナウイルスの感染が拡大しはじめてもこの異世界にはそれほど影響などないようにすら見えた。いつものあの人たちはいつものように過ごしていた。店員さんこそマスクをしているものの、やはりここは何か別世界だった。ところが緊急事態宣言が出て、外出自粛が強く求められると、ドトールコーヒーは突然休業に追い込まれた。

あの人たちはどこでどうしているだろうか？　ドトールに集まっていた人たちは実に多様だった。あまりに多様すぎて、考えてもどうしてそんなことをしているのかよくわからないし、もし話したとしても相手の言い分など理解できないかもしれない。共感しないことも多い。しかし、そもそも私という存在自体がどれだけの人に共感してもらえるような存在だろうか。むしろ、互いに理解しえない状況を人々が共生していくためには、共感に依らない方法をこそ見出さなくてはならないのではないか。わからないけど、それで構わない。あなたがそこで何をしているのかわからない。だけど、ひとりひとりがその日常を暮らしている。隣り合わせでいる。そういう状況の方が好ましいと思う。私たちはわけのわからないもの同士特に会話を交わすでもなく、しかししばしばその存在を記憶に刻みながら机を並べていた。それは奇跡のようなことだった。当面は自由な往来は難しいし、密集した空間でコーヒーを飲むことは叶わないかもしれない。当面ということではなく、同じ世界はもう戻ってこないかもしれない。暮らし方自体が変わっていくだろう。しかし、その世界でもあのわけのわからないドトールにいた多様な人たちがしぶとく生き残っていてくれたらと祈っている。

もう一度、ドトールで机を並べる日が来るだろうか。今度もし会ったら、あのおじさんにサインペンの秘密を訊いてみたいような気もしている。

二〇二〇・五

本屋に行く

古井由吉をドトールで読む

　五月の末だったか、営業を再開したドトールにある日早い時刻に行くと、そこに一人の白髪の老人がいた。休業になる前からこの店に来ていたかどうかはわからない。それよりも気になっていたのは例えば手前に座っていたおじさんの方だ。競馬新聞を虫眼鏡でじっと睨み、大量の赤いサインペンをジャラジャラと筮竹《ぜいちく》のごとくに操り、取り出した一本で新聞に印を入れていく。私の視線は競馬予想で生計を立てていると思われるそのおじさんの一挙手一投足に釘付けだったのだ。だが、今になって思えば、なぜ白髪の老人の顔をひと目見た時に気づかなかったのだろうかと思う。何しろ、その老人は小説家・古井由吉《ふるいよしきち》にそっくりなのである。というよりも、一度気づいてしまうと、もはやその老人が古井由吉にしか見えないのだ、困ったことに。

古井由吉は昭和十二年東京生まれ、「杳子」で芥川賞、『槿《あさがお》』『山躁賦』など作品多数。内向の世代の作家として知られる。とそれくらいの知識はあったが、私は古井由吉の愛読者というわけではなかった。愛読者ならきっともっと早くに気づいたに違いない。この春に古井由吉が亡くなるまで著作を読んだことすらなかった。ただ、一昨年の雑誌『すばる』に掲載されたインタビューで、記憶の食い違いについて氏が語っていたのが印象的でよく覚えていた。以来、古井由吉を読まねばならないと頭の片隅におきつつ、また本屋に行くたびに古井由吉の本の前でどれを読むべきかと考えながら、もう一つきっかけがつかめずに、時間だけが過ぎていった。昨年末に装幀家・菊地信義を追った映画『つつんで、ひらいて』で古井由吉が語る映像をはじめて見た。その前に、『ＬＯＣＵＳＴ』の伏見瞬さんから古井由吉へインタビューを申し込んでいるのだ、という話も聞いていた。とっくの昔に機は熟していたのかもしれない。ところが、読めずにいたのだ。

年が明けて次第にコロナの状況が深刻化していた頃、突然の訃報が届いた。しばらくするとよく行く書店の文庫の棚に追悼の帯を巻いた『半自叙伝』が入っていた。遅きに失した感がしないでもなかったが、すかさずそれを買って帰った。帰ったその足でというのも変だが、すぐに三分の一ほど読んだ。にもかかわらず、それもなぜか途中で集中が途切れて放り出してしまった。以来、『半自叙伝』もそうだが、とにかく氏の小説を読まなければいけない。その思いがずっと心に引っかかっていた。

引っかかっていたから、私はそこに古井由吉を見出したのかもしれない。古井由吉似の老人の存在に気づいたのが先だったか、それとも後か。私は『半自叙伝』を読んでいた。後とか先ではなく、次第に私は古井由吉の存在に気づいていったといった方がいいのかもしれない。確かに私はそこに一人の老人を認めていたし、その白髪、薄い黄色のシャツのしゃんとした姿勢を見ていた。その老人は机に向かって何かを静かに読み、そして小さな文字で何かを書いていた。

やはり古井由吉本人なのではないか？ もちろん、春に亡くなったことは知っている。そうでなければ、駅前で買うことのなかった『半自叙伝』を読んでいるのだ。だが、冗談とも違う、真実味を帯びた何かがあって、それが意識にとどまるのだ。そして、気づけば、古井由吉似のその人を無意識に探していた。早い時間にいることが多いが、いつもいるとは限らない。先に来ていることもあれば、いないなと思っていたら、マスクをしたその人が遅れて来ることもあった。古井由吉は長年、世田谷に住んでいたと『半自叙伝』に書かれていた。ここからはそう遠くない。この距離なら来ることも難しくない。

とても近くに古井由吉を感じていると、自然と古井由吉の文字が目につくものだ。日曜日の毎日新聞をめくっていると『仮往生伝試文』が取り上げられていた。『半自叙伝』もまだ読みかけだったが、私は新宿に出たついでで紀伊國屋書店新宿本店に行き、講談社文芸文庫の棚の前に立った。そこで『仮往生伝試文』を買うつもりだったが、平台に並べられた文庫本を順に手に取っていると、『野川』に手が止まった。個人的に職場のそばを流れる野川に近しさを感じていたのと、中山競馬場で知人からもらった縁起物の埴輪の馬からはじまる冒頭がよく感じられ、近くからうんと遠くまで連れて行ってくれるような気がしたのだ。『仮往生伝試文』はやめにして、『野川』を買って帰った（結局、次の週に再び訪れて『仮往生伝試文』も買い求めたのだが）。

それでまずは放り出したままの『半自叙伝』を読み切ろうということになった。収録されているのは、それぞれ『古井由吉自撰作品』と『古井由吉 作品』が刊行された際の月報に記されたエッセイ「半自叙伝」と「創作ノート」である。創作ノートとあるが、取り立てて創作の方法が書かれているようには思われない。空襲の体験、疎開、少年時代から、大学に職を得てからのこと、作家になってからのこと。その時々に本人に起こったこと、周囲のこと、社会のことなどが綴られている。

「長目の仕事に入るたびに、よくないことが身内に起こる、因果な稼業だ」（『半自叙伝』河出文庫p.59）と言ったり、また「湾岸戦争の最中に、頸椎の故障から四肢に麻痺を来たし、厄介な手術を受けることになった。（中略）我が国では足掛け五年も続いていた過剰景気がようやく傾きかかり、やがてその泡がはじける頃にあたる」（同p.196-197）とか、「金融不安とやらで世の中がいよいよ行き詰った頃に、眼の網膜に孔《あな》があいて入退院を繰り返すことになり、その難儀もやっと済んだと思ったら、アメリカで同時テロが起こり、また戦争となった」（同p.197）という具合で、身内の不幸は長編作品と、社会経済の大きな変化や節目が自身の大病とシンクロすると考えている。一つ一つは難解な言葉ではないのに、なぜか全体を捕まえるのが難しい。行きつ戻りつする文章から論理的展開を簡単には捉えられないのだ。

難しいなあと思って読んでいて、息をつくと、向こうのテーブルの島に古井由吉に似た老人が座っていた。サファリハットをかぶった彼はカットされたミラノサンドAの一切れを両手で持ち上げ、ゆっくりと口に運んでいるところだった。しばらく本を読みまた顔を上げると、サンドイッチの皿は片付けられていた。白い紙を広げてそれを読みながら彼は別の白い紙に何かを書き付けている。やはりこの老人は古井由吉なのではないか。そんなはずはないと心で笑いながら、しかしどこか完全には否定できないような、否定したくないような気持ちが起こってきた。

難しいといっても『半自叙伝』はほどなくして読み終えた。そして、買っておいた『野川』を読み始めたが、こちらはなかなか読み進めるのに骨が折れた。意識というものにあらすじがないように、この小説もあらすじというものを持たない。何かをきっかけに思い出したり、夢に見たりというように、想起されたものが語られる。亡くなった友人との会合、そこで交わした会話、東京大空襲と荒川の土手を歩いて上流へ逃げたこと、岐阜への疎開、学生時代の別の友人の下宿の狂った女。それらが繰り返し繰り返し、「私」の前に記憶や夢として現れ、やがて、亡くなった友人が託した彼の父の記憶に思い至る。こう書いてしまえば簡単な話のようだが、なかなか『野川』は簡単には読み進められない。

夜半の寝覚めに、廊下を行く背が見えた。夢ではなかったが、夢よりも夢に感じられた

（『野川』講談社文芸文庫 p.78）

現実なのか、それとも夢なのか、夢の回想なのか、あるいは妄想なのか。「私」の話なのか、それとも友人の話なのか。不確定なまましばらく探り探り読むことになる。いっぺん読んでも、よくわからないこともあり、戻って読み返す。むろん、わかりにくいことはここでは欠点でなど決してない。むしろ、凄みである。生きていることと、死んでいることがはっきりとは分かれない、「私」と友人という存在がはっきりとは区別されない、「私」と私が区別されない。他者の壮絶な体験を、自分の体験のように内側から体感することはできないが、わかりにくさ、読みにく

さこそが、壮絶であった「私」の体験で読者の記憶を塗りつぶしてくる。

ドトールで本を読み進めていると、はす向かいに古井由吉が現れて、そこで豆乳バナナマフィンをゆっくりと口にしている。私ならものの三口で片付けてしまうものを、ゆっくりと何口にも分けて口に運んでは、コーヒーをすすり、そして物思いにふけっている。窓の外の木々の緑を見やりながら、何かを黙考している。それでこそ古井由吉だ。私はせっかくだからもう少しでも『野川』を読み進めねばなるまいなと背筋を伸ばす。まさか向こうも自分が誰かの読書の原動力になっているとは想像もしないだろう。

ある日など、その古井由吉の向かい側に競馬予想のおじさんが競馬新聞を睨みつけて座っていた。古井由吉に競馬予想。なんという組み合わせかと私は声をあげそうになる。何やら元気が湧きしばらく読み進め、顔を上げると、ふっとその姿は消えていた。

『野川』の読みづらさと古井由吉の前で『野川』を読むことは一見無関係のようだが、実は通じるものがあるのではないかという気がしてきた。もちろん、古井由吉本人であるはずもない。ただの彼に似た老人である。しかし、その老人はすでに亡くなっているはずの古井由吉を想起させ、まるで目の前に本人が座っているような錯覚を与えた。そして私はそのことによって『野川』を読み通した。その時、それがイメージなのか実在なのかということはあまり関係がない。生きていることと、死んでいることとが同居する、あるいはそのあわいのようなものがそこにある。それこそが古井由吉が書いていたことのようにも思われるのだ。

私は『野川』を読み終えると、直ちに『仮往生伝試文』に取り掛かった。

（つづく）

二〇二〇・九

とにかく書いている

はじめて文学フリマに来た時、まさか自分がブースを出すとは思ってもみなかった。二〇一七年五月、あの時偶然トレカントのリトルプレス『三者三様』を手にし、帰りの電車で貪るようにその小説を読まなかったら、きっとそのまま出店することはなかっただろう。もちろん、その時点で私は『『百年の孤独』を代わりに読む』を三年もnoteに書きつづけていたのだし、あと少しで終わりもみえていた。だから、文学フリマに出店してみようと考えていたとしても不思議はなかった。だが、そうは考えていなかったのだ。ところが一年後、二〇一八年五月に一冊の本を完成させて出店する。ただその時でさえ、私は文学フリマにこうして続けて出店するとは思ってもみなかったし、書店を回って営業したり、ましてや出版レーベルを名乗るなどとは夢々考えもしなかったのである。それはそうだ。思い返しても何がどうしてこうなったのか自分でもわからない。

ただ確かなのは、文章を書いて人を笑わせたかったということだ。本を読んだ時の興奮を人と分かち合いたかった。それにまた物理的な本というものに並々ならぬ興味を子供の頃から持ってきたのだった。だから一度本を作って人に手渡してみたら、何かスイッチが入ってしまった。いや、むしろ箍《たが》が外れてしまったと言うべきだ。私は二〇一八年春から約一年半、とにかくやれるだけのことはやってみて、どこまで行けるかこの目で確かめてみようと思ったのだ。『百年の孤独』を代わりに読む』を全国の書店に営業してまわる過程を「行商旅日記」として綴りもした。無駄に凝った「月報」を作り、Tシャツも作った。声を掛けてもらって寄稿もしたし、トークイベントで話させてもらいもした。仕事の傍らで夜帰宅してからの作業は体にこたえたが、はじめて経験することばかりでとにかく楽しいものだった。だが、自力で書店をまわることの限界を感じてもいた。だから、代わりに読む人という出版レーベルを作ってISBNを取り、取次を通して全国に流通させるに至った。その間もとにかく面白い本が読みたくて、無秩序に読んだ。わかしょ文庫さんという書き手を知り、ウェブ連載をお願いしたりもした。偶然、『『百年の孤独』を代わりに読む』の一節から『パリのガイドブックで東京の町を闊歩する1』が生まれた。幸運にも読者の方に暖かく受け入れられて版を重ねることができた。

だがここでたった今、私は明らかに道に迷っている。かねてから書きたかった小説を書いてはいるし、パリのガイドブックで東京の町を歩く話のためにガイドブックを読んでもいる。可笑しな文章を読者の人々に届けようとしているし、日々みそ汁を飲みながら、みんなにもおいしいみそ汁を気軽に飲んでほしい。何よりそれは私自身が目が覚めるような小説を読みたいから、東京の町を愉しく歩きたいから、日々うまいみそ汁を飲みたいからだ。だがそれを体一つでやっていくのは到底無理なのだ。どうしたらいいのか。

悲観しているわけではない。どうやったらこのような活動を持続可能な形でやっていけるのだろうかとここしばらくずっと考えているのだ。そこで振り返った時、一年半前には想像もしなかった場所に私を連れてきてくれたものがユーモアだったことを思い出す。『百年の孤独』を冗談として読み、自らもまた「代わりに読む」という冗談を思いついて実行に移したのでなければ、今ここに私はいない。ユーモアこそが思いもしなかったところに連れて行ってくれるのだ。だから私は冗談をとにかく書いている。必死に書いている。来春、それは『パリのガイドブックで東京の町を闊歩する2』として本になるだろう。この冗談話を完成させていく道中で、持続可能なやり方を少しずつ形にしていきたいと思っている。一度は自分で体験しておきたかった本を作るプロセスだが、きっと今後はデザインや校正、その他もろもろのために人の力を借りていくことになるだろう。自分ひとりだけで本を作りたいわけではないのです。寄稿もしていきたい（ぜひ声を掛けてください！）。そして何より、これからもこの冗談を人々に読んでもらえたら幸いです。

二〇一九・十一

その後、わかしょ文庫さんのウェブ連載は『うろん紀行』として二〇二一年に書籍化しました。『パリのガイドブックで東京の町を闊歩する2』は二〇二〇年に刊行、続刊を執筆中です。

本屋に行く

付録を探す

都心に出たついでに、ここならたくさんあるかなとある老舗の書店に立ち寄った。雑誌エリアは一階の奥にあった。壁沿いにずらっと並んだ棚を見ていると、

「NHKの雑誌は？」

と大きな声がして、レジの方を見ると帽子をかぶったおじいさんが店員さんに尋ねていた。店員さんが「あちらです」とこちらを指さした。私はNHKのテキストのあたりに立っていたのだった。だが、私はNHKのテキストを探していたわけではなかった。探していたのはそのおじいさんである。

「ああ、これこれ。これこれ」

と『基礎英語』のテキストを一度は取り出したが、

「これこれ。これは……、これはいらない」

と、どうも違う号だったようで、棚に差し戻した。

「あ、こっちこっち」

と『基礎英語2』と『基礎英語3』を手にとってレジへと向かっていった。棚を見ると中途半端に差し戻された『基礎英語』で棚が乱れていた。とっさに私は乱れた冊子を棚に納めて整える。書店員であった経験はないが、どうも昔から立ち寄った本屋さんで棚や平台が乱れていると、綺麗に整えないと気が済まないのである。それからしばらく雑誌コーナーを探していたが、目当てのものは見当たらず、あきらめて二階の書籍エリアへと上った。

二階の文芸コーナーやレジ前の平台を物色していると、また大きな声がしたので、顔を上げてみるとさっきのおじいさんである。

「あのお、〝サイエンス日本史〟という本はありますかな?」

レジの店員さんに尋ねていた。特に自分で探した様子もなく、さてどうなるかと聞き耳を立てていると、店員さんが、

「お調べいたしますね」

と言い、端末を操作しはじめた。隣のレジにいた店員さんが「新書じゃないかな」と横から耳打ちする。そのタイトルはどうもどこかで見た気がするなと考えていると、おじいさんが、

「えっとね、今朝の新聞に出てたから」

と言ったので、私も思い出した。その日の毎日新聞朝刊に大きな広告が出ていたのを読んでいたのだった。ということは、このおじいさんの家も毎日新聞なのだろうか。いや、しかし、そうとも限らない。今日の朝刊各紙一斉に広告を打ったのかもしれないではないか。これはどこかで各紙を調べてみなくてはと記憶に留め、またすぐに、だがなぜ調べなければならないのか？と思い当たって、苦笑いする。そんな必要はまったくないわけだった。たしか、新聞によればブルーバックスの新刊だった。つい、近寄って、

「あの、失礼ですが、それはブルーバックスですよ！」

などと言ってみたい衝動に駆られる。駆られはするが、それはちょっとどうかしているので、衝動を押しとどめて、観察に徹することにする。しばらく店員さんが検索している間、いろいろと持て余したおじいさんがさらにこうまくし立てた。

「あのね、あんまり大きな出版社じゃないから！」

私はもう駆け寄って説明したくなる気持ちをなんとか抑えて、心の中で、ブルーバックス！講

談社！と連呼するのだった。いや、しかしと私は思う。出版社の規模などというものは普通にしていたらそれほど気にするものではないのではないか。子供の頃、ジャンプを出している集英社も、学習雑誌を出していた小学館もどちらも身近に感じるが故に、大企業だと思っていた。うちの本棚の本の比率を調べれば、新潮社だって白水社だって体感的には大企業だ。そうこうしているうちに、店員さんがおじいさんを新書コーナーに案内していった。こちらですねと手渡すと、おじいさんは「うん、これこれ」と満足げに言い、碌に中味も確認せずに、レジへと向かっていった。おじいさんの去った後で、平台には『日本史サイエンス』がもう一冊残されていた。私もそれを手に取り、パラパラとめくってみた。

冬の雲ひとつない青空。天気の日にはやはり出かけてみるものだなあ。いやあ、いいものを見させてもらった。そんなふうに、ほくほくしていたが、しかし私は決しておじいさんの買い物を見にきたわけではなかった。面白そうな本を数冊買い求めたものの、元々ここに来た目的は果たせなかった。

結局帰りに地元の書店に立ち寄り、そこで目的はようやく達せられたのだった。それならはなから都心へ出ることもなかったということだろうか？　いや、帰りの書店であれこれ見つけることができたのは、じっさいほくほくした気持ちだったからかもしれない。

探していたのは付録である。雑誌の付録。しばらく前に、DEAN & DELUCAの特製トートバッグを付録にした雑誌が大変な人気なのだというのをどこかで読んだのだったが、それがいったいどんなものなのかこの目で見てみたかったのである。

付録をつけた雑誌は確かに大量にあった。店に入ってすぐの女性誌コーナーの片隅にたくさんの箱が並んでいた。

トートバッグ&ランタンBOOK

2wayキルティングバッグBOOK

もはや、「BOOK」とつけなければ、誰も本とは気づかない。ここはカバン屋かと思うくらいに、カバンが並んでいたのだった。しかし、肝心の探していた、DEAN & DELUCAの特製トートバッグを付録にした本は見当たらなかった。

ところが、一度付録のついた本を見始めると、本屋じゅうの付録のついた本を手にとって確かめてみたくなるのが人というものだ。いや、それは私だけだろうか。

ブルートレイン三車両を作る

カバンがつく世の中なのだから、ブルートレインの模型がついてきてももはや驚かない。しかし、三車両も作らなければならない理由は見当たらない。一度意識しはじめると、この辺りの事情を当事者に訊いてみたくて仕方がない。

「編集長、こんどのブルートレインの模型のムックですけれど、十車両にします！」と突然言い出した編集部員の取手翔に、

「なんで⁉」と驚く編集長。

「牽引する電気機関車、それから通常の寝台車が六両、食堂車が一両、それから後方にまた特別寝台車両が二両で、どうしても十両いるんですよ」

「いや、そんなに付録でつけられないでしょ。それに同じ寝台車六両もつけてどうするの？　それみんな読者が組み立てられると思う？」

「じゃあ、どうします？」

「機関車と寝台車と食堂車の三両でいいんじゃないの？」

部員の取手は不満そうだが、編集長のこの一声で、三車両が付録としてつけられることになり、早速付録の担当者が模型の図面を引きはじめた。

なるほど「三車両も」つくのではなく、本当は十車両つけたいところを、苦肉の策として三車両だったのかもしれない。

その隣には、こんな本もあった。

ディズニー　マジカルオーディオえほん

毎号ついてくるフィギュアを専用のスピーカーに載せると、絵本の読み聞かせの音声が流れるらしい。第一号はなんと、二百九十円。手に取ると、書店員さんが貼ったと思しき手書きの紙にサインペンで「スピーカーは二号についています！」と注意書きがされていた。見れば、一号の表紙にもスピーカーとその上に載せられたフィギュアが大きく写っている。注意書きを貼らなければ、「スピーカーがついてなかった」というクレームがあるということなのかもしれない。

ひと通り、付録のついた本は見て回った。付録を挟み込んで膨らんだ月刊誌もあった。それにしても、なぜみなそんなにカバンを求めて本屋に殺到するのか？　仮に同じようなものがカバン屋で売っていたとして、カバン屋さんでカバンに小冊子が付録についていても、それほど売れないのではないか。おもちゃ屋で単に絵本を読み聞かせてくれるスピーカーや、忠実に再現した鉄道模型というだけではこうも流行しないだろう。つまり、付録は楽しい。おまけが嬉しい。そういう回路が私たちの脳内には内蔵されているということなのだろうか。付録をもらっては快感を覚え、何か得した気分になる。

いつそんな回路が内蔵されてしまったのか？　私が生まれてはじめて手に入れた付録はなんだったのだろう。そう考えて思い出すのは、実家のはす向かい、十メートルほどの距離にあった小さな本屋さんのことだ。側溝のちょっとした段差に木の板がなぜか渡してあり、薄暗くてとても古めかしい店構えで、しかしネオ書房という名のその狭い店内はおばあちゃんの家のような香りがいつもしていた。岡山から移り住んできた年配の三人姉妹が営むかつては貸本屋であったというその本屋さんで、小さい頃しばしば漫画を買ってもらった。そして、そこで買い物をすると、なぜかレジの前に置かれた段ボール箱の中にうずたかく積まれたとりどりの雑誌の付録を火鉢の前に座ったまま指差して、

「そこにいろいろ付録があるじゃろ。……好きにひとつ持っていかれえ」

と言われたものだった。別に付録のついた雑誌を買ったわけでもないのにである。あれはいったいどういう仕組みだったのだろうか？

小学校に上がると、『小学一年生』を毎月買ってもらった。いちばん最初についてきた付録は、ペラペラのプラスチックのシートでできたレコードで、箱の中に金具を取り付けて、くるくるとそのプラスチックのシートを回転させると、ドラえもん（厳密には大山のぶ代）が、

「こんにちはぼくドラえもんです。云々」

と話し出した。プラスチック板を回転させる速度を手で自在に早めると、大山のぶ代が早口になり、ゆっくりと回すと、おじさんのように声が低くなる。面白がって早回ししたり、遅く回したりしてふざけた。

その後、毎月付録は楽しみにしていたが、ほとんど組み立てたりする必要のない初回の付録と違い、号を追うごとに少しずつ組み立てが必要になっていった。私はやりだすとしつこいわりには、辛抱が利かずに、付録を組み立てないまま雑誌だけ読んだ。

こうして付録を探して回り、付録の思い出を思い出してみてはいるけれど、正直雑誌の付録をほしいとは思わない。ビックリマンチョコのシールだけを集めていた同級生たちにも同調しなかった。つまり私はあの頃から、おまけとか付録とかいうものにそれほど興味がなかった。けれど、

おまけや付録に惹かれている人々には興味がある。だから、今後もどんな付録が出ているのか、それをどんな人たちが手に取っているのか、興味を持って観察していこうと思っているのである。

（つづく）

二〇二一・一

眠れない夜に

眠れないという苦労のほとんどない私でも、一月に一日くらいは気持ちが高ぶったり、何か気になることが頭の中で繰り返されて、ああ今日は眠れないなという時があり、そうなると、困ったなと思う。

それで、仕方なく横になって目を瞑ったり、諦めて起き上がったりするのだが、しばらくして、そういえばと眠るための方法を思い出す。その方法とはいたって簡単なことである。お腹の真ん中に手のひらを重ねて置くのだ。そうすると、その辺りが暖かく、心なしか体がポカポカし、ポカポカしてきたなと思う頃には、もう眠っているのだ。

だから、その方法を知ってさえいれば、眠れない夜など何でもない。平気なはずだが、問題はというと、その時々やってくる不眠の夜には私が、眠れない時の眠る方法を忘れてしまっているということなのだ。

だから私は、と思う。ベッドのある壁に「眠れない時は、手のひらをお腹に」という標語を書いて貼り出しておくべきなのかもしれない。

画期的なことを思いついたと思ったのだが、書いていて何か昔似たようなことを実際にやったことを思い出した。学生の頃、私は朝がひどく弱く、目覚ましをどれだけセットしても、鳴りだした目覚ましを止めては寝、止めては寝を繰り返し、すべてを止めると、もう邪魔をするものはいないと安心していつまでも熟睡してしまったのだった。

問題はそのあとだ。昼をとうに過ぎてから、私はひどい自己嫌悪と共に起き出し、朝起きなかった別人の私を恨んだ。なぜ彼は起きなかったのか。それは眠たいからに違いない。だが、その別人のような私に今起きて後悔する私は何かメッセージを届けることはできなかったのだろうか。

私はおもむろに紙を用意した。そして、マジックでこう書いて、壁に貼り出した。

「朝起きる辛さより、時間を失う辛さ。今起きて、昼寝をしよう！」

当時の私もやはり画期的な方法を思いついたと舞い上がったのだが、周りの反応は冷ややかなものだった。何しろ、貼り紙だ。部屋にそんな貼り紙をしてどうするんだ。自分で書いた貼り紙に効果があるとは思えないなどと。そして、そんなのはきっと嘘だろうと誰も信じすらしてくれなかったのだが、ある時後輩が遊びに来て部屋に入るなりこう言ったのだ。

「ほんとに壁に標語を貼ってるんですね」

『百年の孤独』にも貼り紙は出てくる。小説の舞台となる町・マコンドに不眠症から、やがて記憶喪失が蔓延し、それに抗うために、ありとあらゆるものに貼り紙をする。机、椅子、時計、壁、扉、……、タピオカ、里芋、バナナ、牝牛。

〈コレハ牝牛デアル。乳ヲ出サセルタメニハ毎朝シボラナケレバナラナイ。乳ハ煮沸《シャフツ》シテこーひーニマゼ、みるくこーひーヲツクル〉（『百年の孤独』p.64）

そしてそのことに可笑しさを感じる。その可笑しさの感じ方には、遠い昔に私もまた朝の起きられぬ私に貼り紙をしたことがあったかもしれない。私は貼り紙をした。それは大変に画期的なものだった。だが、ここで言い添えておかなければならないのは、私はそれでも起きられなかったという事実である。

二〇一九・十一

本屋に行く

すすめられた本

人がすすめてくれた本はなるだけ読む。すぐに読まなくてもなるべく手に入れて積んでおく。日頃から意識的に本を手に取っているのだが、案外、すすめてくれる本はいつも行く棚にある。買いに行って思う。どうして今まで気づかなかったのか。手に取っていなかったのだろう。灯台下暗し。だから当然というべきだろうが、これまで見えていなかった世界へ目を開かせてくれるのはそうした人がすすめてくれた本である。「友田さんにはこれがおすすめですよ」とか「好きだと思うなあ」というような個人的なおすすめは実際ほとんどハズレがない。例えば、木下古栗にしろ、閻連科《えんれんか》にしろ、私がそれらの作家を知ったのはやはり友人のすすめであった。

また、かつて『パリのガイドブックで東京の町を闊歩する1』を読んだとある読者から「後藤明生の「マーラーの夜」が好きだと思います」というメッセージをいただいた。私は後藤明生が好きだ。最近では後藤明生に私淑しているとさえ思っている。だが、「マーラーの夜」は読んだことがなかった。『後藤明生コレクション』(国書刊行会)に収録されているらしい。つまり、手元に持ってはいたわけだ。しばらくして、ふと思い立って「マーラーの夜」を読んでみた。確かに好きだと思った。というよりも、私の本は「マーラーの夜」とそっくりではないか。そうか、だからすすめてくれたのか。後藤明生はJR森ノ宮駅近くのレストランGの海老フライライスを、私はTitleのフレンチトーストを求めて歩いて行くのであった。

これは個人的にすすめてもらったわけではないが、先日本屋さんで『本の雑誌』二〇二一年二月号を読んでいた時のことである。鈴木輝一郎さんの連載「生き残れ！燃える作家年代記」で、書けない時はどうするか?という問題が論じられていた。本当に書けないスランプであることは稀であって、大抵の場合は材料の整理不足や執筆環境や体調に起因するのだという。とりわけ、物書きは目を酷使するから、目を休ませることに注意を払わなければならない、『どんどん目が良くなるマジカル・アイ』(宝島社)を手元に置いて、しばしばそれを眺めている、これはおすすめだ、というのだ。紙面を寄り目で眺めると立体が飛び出してくる本である。最近、自宅に籠る時間が長く、私はちょうど疲れ目で困っていたのだ。なるほどとその場で頷きながら、本屋さんの棚を見回してみた。だが、そういう本は見当たらない。では、店員さんに尋ねてみればいいのだろうか。

「あの、すみません、『どんどん目が良くなるマジカル・アイ』という本はありますか？」

どうしてもちょっと小声になってしまうだろう。一度では通じない。

「えっと、すみません。もう一度書名をお願いできますか？」

「『どんどん目が良くなるマジカル・アイ』という本なのですが」

もしそんな会話をすれば、「この人、どんどん目を良くしようとしてる！」と店員さんにバレてしまう。なんとも恥ずかしい。仮に『一時間で学べる西洋美術史』という本であれば、同じように「この人、西洋美術史を一時間で学ぼうとしてる！」と思われるはずだが、それはさほど恥ずかしさを感じない。ではいったいこの恥ずかしさはどこから来るのか。ひょっとすると、『どんどん目が良くなるマジカル・アイ』という本くらいでどんどん目が良くなると信じているらしいというのが恥ずかしいのかもしれない。鈴木輝一郎さんは、本当に良くなるかはわからないが、疲れ目にはいい、と述べていた。私はどうか。やはりひょっとしたらどんどん目が良くなるのではないかと期待しているかもしれず、それが店員さんにバレるのが恥ずかしかったのである。

では買わなきゃいいと言えばそれまでなのだが、ちょっと試してみたい気持ちもある。それで普段はほとんど使わないが、今回ばかりはとAmazonに注文したのだった。私の知らないところでAmazonの配送センターの作業員さんが棚からこの本を手にとってカートに入れながら、「ははぁ、この人はどんどん目を良くしようとしてるんだな」と思ったかもしれない。いや、大丈夫。忙しくてそんなことをいちいち気にしていないに違いないのだ（それは書店員さんもそうか……）。

翌日だったか。『LOCUST』の伏見瞬さんがnoteに書かれていた批評の本は面白いということを伝えるブックガイド（「LOCUSTコンテンツガイド（書籍特別編）なんとなく読める批評の本11選」https://note.com/locust/n/n00cc0b181302）を読んだ。優れた批評文を読むのはたのしいことであり、時として読者の世界像を更新してしまうようなものである。だからそれを読まず嫌いのままいるのはもったいないというのがこのブックガイドの趣旨であり、十冊あまりの批評的書物が紹介されていた。私はこの伏見さんの紹介自体が批評とは人が作ったものを偉そうに語る行為であるという広く世に信じられている固定観念を壊すよい批評であると思ったわけだが、とりわけここで蓮實重彥の『監督　小津安二郎〔増補決定版〕』（ちくま学芸文庫）が気になった。というよりも、伏見さんから私は個人的にこれを強くすすめられたような気がしたのである。

すすめられたと思ったらすぐにでも本屋に行く。新宿に出た足で紀伊國屋書店新宿本店の文庫売り場に行った。たしか、平台に積まれていた。私はそれを急いで買い求め、帰りの電車ではも

● ●

う読み出していた。

不変のカメラ・アングル、移動しないカメラ、娘の結婚という同じテーマ、起伏のないストーリー。「事件が不意に発生したり、思いもかけぬ結末を迎えたりする瞬間には、誰も小津を思い出したりはしない。事態が決定的に変化しないことがわかっているときだけに、小津的なものが想起されるのだ。(中略)それは、いつでもやめられるゲーム、危険を伴うことのない楽しい遊戯のようなものなのだろう」(『監督 小津安二郎〔増補決定版〕』) p.13-14)。蓮實重彦はそうした小津的なるものは小津の作品とは決定的に異なることを本書で示すらしい。「すべての言葉が、小津的なるものと小津的「作品」とのずれを画面を通して明らかにするという同じ姿勢で書かれたものである」(同 p.3)。

私はこれまで小津的なるものしか見てこなかったのではないか? そしてわかったような口を利いていたのではないか。いきなり冒頭で告発されたことに私は驚き、そしてまた興奮して続きが気になった。

帰宅すると、そこにちょうどAmazonから例の本が届いていた。早速開けてみるとA4サイズほどの大きな本『どんどん目が良くなるマジカル・アイ』が出てきた。広げてみると、一ページに一つずつ風景がカラーで印刷されていて、そのページの上の端に、このページのように●印が付いていた。説明を読むと、二〜三メートル先に焦点を合わせたままこの二つの●を見ると、●が三つに見える。そのままの状態でこの風景写真を眺めると写真から立体が飛び出してくるのだという。部屋の少し離れた壁を見ながらこの本で視界を遮ると、二つの●は確かに三つに見えた。しかし肝心の風景写真は立体にならない。つい風景写真にピントを合わせてしまうのだ。凝視すると普通に見るのとは見え方が少し違うような、うっすら浮かんでいるような気がするが、これが飛び出しているということなのだろうか？　だが、立体的に見えたことがないので、本当にはどれくらい飛び出すものだかわからない。それでも、さすがにこんなにほんの少し飛び出したような気がするだけではないのだろうし、そもそもこれで目の疲れが癒されるとは到底思えない。そういえば、小さい頃にもこういう立体視が雑誌か何かに載っていたことを思い出した。その時もまわりがみな見えた見えたと声を上げるなかで私だけが見えなかったのだった。ただ私は志村けんのように寄り目をしているだけであった。目の疲れを癒す以前に、そもそも平面に立体を見ることが私にはできないのではないか。不安が襲った。運動は昔から苦手だったのだ。

仕方ない。一旦諦めて私は『監督 小津安二郎』に戻るとそこに警句というべき一文があった。

ところで人は、画面を見ることによって何を学ぶか。見ることがどれほど困難であるか、というより、瞳がどれほど見ることを回避し、それによって画面を抹殺しているかということを学ぶのである。（同 p.16-17）

もしかすると私の瞳はこの「どんどん目が良くなる」本に印刷された風景を抹殺しているのではあるまいか。見ているつもりが、ただ理屈で見ているだけで、実際には見ようともしていないのではないか。そこに描かれた風景は決して手元の紙ではなく、遠くにあるのだ。そうだ、そこは遠くなのだと思って、遠くを見やるように手元を見た。すると突然紙面の景色にぐーんと奥行きが現れ、赤く光った海の向こうの水平線に三つの夕日が沈もうとしていた。私はあまりに生々しい立体感に「わぁ〜！」と大声を部屋であげてしまったほどである。またとないことだと思った私は瞬き一つせずじーっとその夕日を眺めつづけたのだった。しばらくして、ひょっとしたら他のページもいけるのではないかと、ページをめくると、そこには海中の奥深くを泳ぐイルカがおり、水面には葛飾北斎の「神奈川沖浪裏」よろしく白い波頭の奥にまた波があり、そのはるか向こうに富士山があった。また別のページのえんじ色の幾何学模様のなかから大仏の大きな手のひらが浮き上がった。晴れた空には彼方まで色とりどりの気球が無数に浮かんでいた。立体視。それは私にとってこれまで一度も体験したことのない快挙であった。

気をよくした私は再び『監督 小津安二郎』の続きを読んだ。そこで語られていたのは階段の不在によって二階は宙に浮いているという話であった。後期の小津作品では日本家屋の二階と一階を結ぶ階段がほとんど画面に捉えられることはない。『麦秋』において二階に住まう娘・原節子はただ階段のあるはずの廊下の片隅に姿を消し、その後二階の自室にいるところが映される。読んでいると小津映画が観たくなる。幸い、Amazonプライムには小津映画が随分と入っている。『麦秋』を観ていると、自ずとその映されない階段へと消える原節子に目が行く。画面から原節子が消え、誰もいない廊下だけが映し出されるのを眺めていると、感慨がどこからともなくやってくる。笠智衆が居間で着替えるところを私はじっと見てしまう。これまで「着替え」という言葉が意識に上ることもなかったのに。蓮實重彥は序章で読者に小津の映画を見たいと映画館に走らせるのが願いだと書いていた。幸いにしてまんまと私はその意図に乗せられたというべきだろう。そして、私はいったい今まで何を見ていたのか？

冒頭を読み返すとこう書かれていた。

小津安二郎の映画は、多くの人が言及するその単調な反復性にもかかわらず、瞳に、たえず変容せよと語りかけてくる（同 p.18）

いい批評文にはしびれるような文章があるものだ。そう感慨にふけっていた。そして、そのまま私は街へ出かけた。そこで、私は驚きを隠すことができなかった。いつもの見慣れた商店街を歩いていくと、何やらやたらと奥行きが立体的に見えるようになったのだ。もちろん現実世界は元から立体的なのだが、現実の立体感以上に立体的な奥行きを感じるのである。それは私がこれまで奥行きというものを、立体的であることをそれほど気に留めていなかったということなのかもしれない。これは『マジカル・アイ』の立体視の影響なのだろうか。ひょっとしたら、私は蓮實重彥の『監督 小津安二郎』を読んだから、あるいは同時に小津安二郎の『麦秋』を意識的に見たから、商店街の風景がその奥行き以上に立体的に見えたのではあるまいか。

「変容せよと語りかけてくる」と蓮實は述べている。そうなのだ。私の目は『どんどん目が良くなるマジカル・アイ』と『監督 小津安二郎』と『麦秋』によって変容したのである。だから、空間がその奥行き以上に奥行きを感じるようになったのだ。私の瞳はすっかり変わったといってもいい。

翌週、私は年に一度の人間ドックに行き、血液検査、体重測定、心電図の後、視力検査を受けた。検査機を覗くといつになく奥行きを感じた。意気揚々とレバーを握り、上、右、左、下と答えていった。結果がプリンタから打ち出された。視力は下がっていた。

（つづく）
二〇二一・四

返礼品

「友田さん、何にしました？」

暮れが近づいてくると職場の昼時に決まってふるさと納税が話題にあがる。だが、ふるさとでもない自治体に返礼品を目当てに納税するというのがなんとも気乗りしない。そこで私は、「やってないんですよね。よくわからなくて……」とはぐらかす。人のことをとやかくいう気はないのだが、趣旨に賛同できない以上、そこから返礼品をもらうわけにはいかない。

ただ返礼品のサイトを見たことがないわけではなかった。ある時、ふとサイトを覗いてみたことがある。そして画面をスクロールさせていると、ある自治体が桃を返礼品として出しているのを見つけたのである。すかさずアイコンをクリックした。気づけば画面に映し出された大きくて美味しそうな桃をうっとりと眺めていた。左様、私は桃に目が無いのである。桃がもらえるのなら、少しくらいふるさと納税をしてみてもいいのではないかとさえ考えたのだった。何しろ桃だ。だが、あいにく桃は売り切れであった。もっと早くにサイトを見に行っていたら、今ごろ返礼品目当ての徒になっていたにちがいない。「今年は何にしました？」と逆に訊いてまわる側であったであろう。

「簡単ですよ。それにもらわないともったいない」と同僚が言う。

「毎年気づいた時には手遅れなんだよね」と答えると、まだ間に合いますよ、お米とか牛肉とか高価なものもありますよと言う。あまりにしつこく言うものだから、ついに返礼品目当ては嫌なんだよと返すと、相手は黙ってしまった。

「いや、桃がもらえるんならちょっとやってみようかなとは思うんだけどね」

困った私が呟くと、同僚は待ってましたとばかりにスマホで返礼品のサイトを開き、ほら果物もいろいろありますよ、季節ごとに届くのもありますよ、などと画面を見せてくる。確かにイチゴにビワ、スイカ、ブドウ、メロンにミカンと季節ごとに届くセットもあるようである。なぜか説明する同僚は気持ちよさそうだ。なぜ？　いや、しかし私が食べたいのは四季折々の旬の果物ではない。桃なのだ。あのうぶ毛の生えた皮を剝くと、果汁が染み出してくる香りと甘みに満ちた果肉の塊。薄い皮がうまく剝けないのも、なんだか焦《じら》されているようで、愛おしく感じてしまう。だが肝心の桃のページには受付終了の文字が表示されていた。それもそのはず。旬を過ぎているからだ。ほっと胸を撫で下ろし、思う。私はふるさと納税の趣旨に賛同していないのである。

「来年かなあ。桃がもらえるんならねえ。でもさ、返礼品目当てなのが嫌なんだよね。でも桃がもらえるんならやってもいいかなあ。桃がねぇ」

しつこく桃、桃と馬鹿の一つ覚えのように連呼していると、

「どんだけ、桃が欲しいんですか！」と同僚が呆れて声をあげた。

二〇一九・十一

縁

「とにかく本屋に行きさえすればいい」

連載をはじめる時にH.A.Bの松井さんと話し合い、そう約束して書きはじめた。それはなんと気楽なことだろうか。「サラリーマンは気楽な稼業と来たもんだ」と植木等は唄ったが、それよりはるかに気楽なことであったな。と書いてみて、しかし、本屋に行けばいいとは言うけれど、そこには暗黙に「ただし、読んで面白ければ」があると思い当たった。まあ、それは言うまでもないことだ。ただ、それで気楽さが失われたかというと、そんなことはない。本屋に行けば、きっと面白いことがあるだろうという自信というか確信というか、そういうものが私にも松井さんにもはじめからあったと思う。

それで実際、これまで十回の連載の間にとにかく本屋には行き、それでいてあまり本屋の話をしなかったわけだが、本屋に行くことをきっかけにして面白いことが起き、私はただそのことを書いた。確かに、本屋に行けば、面白いことがある。

だが、もちろん面白いことがあるのは本屋に限らない。競馬場に行きさえすれば、と考えたのは古井由吉であった。そう思ったのは、よく立ち寄る書店で古井由吉の『こんな日もある　競馬徒然草』（講談社）を見つけたからだった。まったくと言っていいほど競馬に興味のない私がその一冊を買い求めたのは、昨年古井由吉の自叙伝や小説をいくつか読み、その独特の文体に魅せられて、ファンになっていたからだろう。

とにかく、私は競馬に興味もないし、これまでほとんど縁がなかった。確かに周りに熱心な競馬ファンはいた。学生時代にサークルの仲間と大勢で酒を飲んでいると、そのうちの何人かが決まって競馬の予想で盛り上がった。かたわらで私は黙っていた。私には縁のないことだと思っていたのである。だが、今になってよく考えてみると、競馬に縁がないというと嘘になる。何しろ私の実家は京都の伏見で隣の淀駅の前には京都競馬場があったのだ。通学で電車に乗ると、「今週の土曜日は競馬開催のため、急行は淀駅に臨時停車いたします」と車掌が話すのを幾度となく聞いた。けれど、その淀に停車する急行に乗り合わせることはなかった。市内の学校からの帰り、私はその手前で降りてしまうからだ。内心思っていた。淀駅に臨時に停まるということは、代わりにどこかには停まらないということなのだろうか。そうでなければ、終点に着く時刻が遅れてしまう。ダイヤが狂ってしまうのではないか。競馬のことではなく、鉄道のダイヤのことばかりを気にしていた。そんな子供だった。

身内にも競馬を好む者はいなかった、と書き出してみて、しかしそういえば祖母がかつて一度だけ年末に馬券を買い、ビギナーズラックというやつなのか、偶然にもかなり高い配当金を手にし、しかしそれっきり競馬は二度とやらない、と話していたのを思い出した。身近に競馬をやった人間は実際にいたのである。はて、その話がなぜ家族の会話で出たのだったか。実家で営んでいた和菓子店に年の暮れが差し迫ると、競走馬のトレーニングセンターのある滋賀県の栗東《りっとう》からジャンバー（とジャンパーのことをまわりは呼んでいた）を着込んだ大柄の男たちが正月のために予約したかなりの量の鏡餅や丸餅を受け取りに来た。しかし、わざわざ滋賀県から伏見のこんなところまで正月餅を買い求めにくるものか。不思議に思っていると、父が言った。

「元々は淀の競馬場の近くで厩舎を営んでいた人たちが栗東に移住したんや。いまでも正月の餅は買いに来てくれはるねん」

ひょっとしたら淀の競馬場でのレースの後に、ピックアップして帰っていたのだろうか。その話のついでに、大穴を当てた祖母の話が出たのだったかもしれない。やはり、競馬に縁がないと思い込んでいたばかりで、それなりに、というよりも人以上に競馬との繋がりがあったと言えばあったのだ。

そうは言っても、縁だけで競馬がわかるというものではない。古井由吉の『こんな日もある』を早速ドトールに行って読みはじめたが、これがなかなか難しい。それは古井由吉の小説やエッセイに見られる難解さとはまた別種の、言葉はやさしいのに、知っている言葉の羅列が暗号めいているというか、読む者を簡単には寄せ付けない難しさなのだ。

こんな時、立ち寄ったドトールに以前にも書いた古井由吉似のおじいさんがいたら本人に読み解いてもらいたいものだ、などと可笑しなことを思ってみるが、そんなに都合よく現れはしない。そういえば、一時期何やら熱心に書き綴っていた仕事が終いまでたどり着いたのか、近頃めっきりその姿を見かけなくなった。あるいは、色のついたワイシャツをスリムなスラックスに入れ背筋を伸ばし、まるで仕事とばかりきっちりと午後の数時間を毎日土日もなく赤ペン片手に机に向かう例の競馬予想のおじいさんがいればとも思うが、あいにくその日は見当たらない。ならば、誰ならいるのか？　パソコンを開いていつもネット将棋に興じているおじさんならいる。しかし、もちろん将棋に興じているおじさんに競馬のことを尋ねるわけにもいかない。以前からこのおじさんは何者なのだろうかと気にしていた。シャツとズボンだがラフな格好で勤め人という感じでもない。机の上にはいつもノートパソコンと何冊かの本とノート。何かの準備なのか、勉強か。本を読みノートにびっしりとボールペンでまとめている。少なくともそうしているはずなのだが、気づけば、ネット将棋である。ところがある日、おじさんが疲れからか席で船を漕いでいた。偶然その時通りかかった私の目は、パソコンの画面に映るYouTubeか何かの動画配信サービスのウィンドウに釘付けになった。何しろ、その中にはスーツに着替えたそのおじさんが映っていたからである。何やら講師風のおじさんは背筋も伸び、目を生き生きとさせ、時折こちらに向かって笑みを浮かべながら堂々と身振り手振りを交えて話していたのである。私は驚いた。おじさんはYouTuberか何かなのだ。いつも読んでいる本は、そのYouTubeのチャンネルで紹介する本のネタなのかもしれない。だがどうやってそのチャンネルを見つければいいのか？　ある日、そのおじさんが机の上に『世界のエリートはなぜ「美意識」を鍛えるのか？』を置いていた。私はついにおじさんにたどり着く鍵を手に入れた。以来、動画配信サービスで検索しているが今のところこのおじさんが本を紹介するチャンネルを見つけられないでいる。

それにしても、ドトールでは想像もつかない場面を目撃することがある。しばらく前になるが、打ち合わせに出かける前にコーヒーを飲んでいると、黒い縁の大きなメガネを掛けた恰幅のいいおじいさんが、レジに並び、こう口を開いたのである。

「あのお、このカードですけど……」

「はい、バリューカード＊ですね」（＊チャージのできるドトールのプリペイド式のカードのこと）

「こないだ、これをここで作ったんだけど、その時にレジの子が、この中に保険証やら身分証明書だとかを入れられるって言うから、ぜんぶ渡したんだけど。どうやったら保険証が使えるんだろうか」

しばし沈黙があった。それほど人の会話を集中して聞いているわけではないが、何やらただごとではない気がして、瞬時に耳がレジの方へと向いた。さすがにドトールのプリペイドカードに保険証や身分証明書が入るはずないだろうと思いつつも、だからこそ、真顔でそう言うおじいさんにただごとではないと私は感じたわけだった。私なら、そんなはずはと言ってしまいそうな気がするが、この時の店員さんの応対が素晴らしかった。

「あの、恐れ入りますが、こちらのバリューカードはお作りする際に、個人情報などは一切お預かりいたしませんので、そういったことはないと思うのですが」

「いや、でもおたくでこのカードを作った時に、レジの子がそう言ったんで、私はぜんぶ渡したんですよ」

「個人情報をお預かりすることはないのですが……、当日担当した者に念のため確認いたしますので、何日の何時頃こちらにいらっしゃったか教えていただけますか？」

バリューカードに入ってしまったという保険証の行方が気になって、もはや私は打ち合わせの準備どころではない。どこかよそでのことと、ドトールでの体験が、何かの拍子におじいさんの頭の中で結びついてしまったのだろうか。しかし、これは私にはまったく笑うことができない。少なくとも、ではなぜ保険証が中に入らないかを、そうでないと知っているから、という理由以上に私には説明できないからだ。むしろ、ここで笑われているのは、何枚ものカードを人に持たせようとする社会の方である。

その後も、すぐにはわからなそうなので、ご連絡先を教えていただけますか？とその店員さんは名前と電話番号を書き留めていた。見事としか言いようがない。

その日もその見事な店員さんはいた。この人なら『こんな日もある』がうまく読めないという私の競馬についての質問も適切に応じてくれるかもしれないなどと冗談を思い浮かべながら、やはり素人にはなかなか読めないものだなと諦めて家に帰った。

何日かして、私はまた『こんな日もある』をドトールでしぶとく読みつづけていた。ふと顔を上げると、偶然にもすりガラスの向こうにあの古井由吉が座っていた。ちょうど彼のテーブルに頼んだコーヒーを店員さんが運んでくるところだった（このドトールでは手元がおぼつかないお年寄りのためにしばしば店員さんがコーヒーを席まで運んでくる）。本人はというと、らくらくフォンのようなスマホに指でぽちぽちと文字を打っている。そういえば、少し前から鉛筆で紙に小さい文字で何かを書き綴っていたのをやめ、机の上にはしばらく『イチから始めるＬＩＮＥ超入門』という本を広げて何やらスマホと格闘していた。ちょっと本人に指南してもらいたい気もするが、あまりにも当然のことに思い当たった。やはり競馬のことを私が知らなさすぎるのがよくないのではないか。その時、ムチを打たれたように目が覚めて突然脳裏をあの言葉がよぎったのである。

「とにかく本屋に行きさえすればいい」

ほんの二百メートルほどの距離である。ドトールを出ると商店街の直線を駅前の書店へ行き、競馬の本はどこですか？と店員さんに尋ねた。案内されたところにずらっと並んだ競馬関連の本。私はその中から『究極の競馬ガイドブック』（日本文芸社）を購入した。

出走してきた馬の中に、必ず１着、２着、３着がいるのです。
〝当たりは、必ずこの中にある〟。これが宝くじとの大きな違いなんですね。（p.4）

なるほど、それなら1着を当てることもわけないかもしれない、と私は思った。

大切なお金を賭けるのですから、きちんとした論拠を持って、馬券を買いたいですよね。（中略）その予想に必要不可欠なのが「競馬新聞」。（中略）「ここさえわかれば、予想が立てられる」（p.4）

こうして馬券の種類から、競馬新聞の見方、距離、コースごとの戦績、逃げ切りか追い込みかなどの展開と、一頭ずつ見るべきところを本書は説明してくれていた。そして、私はその週末、生まれてはじめて競馬新聞を買った。読んだことを実践してみようというわけである。競馬新聞を二紙買った。『競馬ブック』、『勝馬』。競馬ブックという名前は聞いたことがあった。勝馬はなんだか勝ちそうな気がするではないか。新聞を広げると、「日本ダービー」とあった。そうか、今週末はダービーなのか。さすがにダービーの名前くらいは私も知っていた。日曜日の朝、食事と掃除を済ませると、赤ペンを握り、この本が言う通りに過去の戦績やらなんやらを見て、見よう見まねで印を書き込んでいく。なるほど、確かにこういう教わったやり方を真似れば、ただのサイコロではなく、予想らしい予想ができそうだ。そこには単なる当てずっぽうではない、読み手それぞれにとっての理路が現れる。

レースは十五時四十分スタート。その前に近所のそば屋で腹ごしらえをする。気分が高まり天盛り二八そばを食す。満腹になったが馬は決めきれず、かといって「よし、じゃあ②－⑧だ」などと出鱈目にやるほどの度胸もない。迷った挙句、長距離の経験と戦績から①エフフォーリア、⑤ディープモンスター、⑫ワンダフルタウンに星印をつけて、その組み合わせで馬連①－⑤、①－⑫、⑤－⑫とした。オッズを見るまでもなく①は本命らしいが、連勝の組み合わせは一番人気というわけでもないし、穴というわけでもない。まあ、教科書的に無難なものを選んだことになるのだろう、などとわかったようなことを思い、ようやく決まったと腰を上げ会計をしていると、脇で別の客に給仕をしていた店員さんが近づき小声ながら満面の笑みで囁いた。

「ダービー、取れるといいわね！」

ただそれだけのことで、なんだかもうダービーを取ったような気がしてくる。祝福。なんだこんな幸せに満ちた世界が私の知らぬところに広がっていたのか。見ず知らずの人からこんなに幸運を祈ってもらえるのなら、これからもちょくちょく競馬新聞を買って、食事に出かけようかと思ったほどだった。

部屋に戻りテレビをつける。ちょうど出走する馬たちがゲートに押し込まれているところだった。ゲートが開くと一斉に走っていく。ほとんどダンゴ状態で四コーナーまでやってきて、直線のコースに入った。まったくわからない。勢いのある馬が後ろから前へ出ようにも、何頭もの馬が前で壁になって、思うに任せない。NHKの実況の声が部屋に響く。

中を突いて、中を割ってエフフォーリアが先頭に立つ。
大外からサトノレイナスが懸命に足を伸ばす。
内に粘るグラティアス。
先頭は、先頭はエフフォーリア。
内を突いてシャフリヤール、来た。
エフフォーリアか、シャフリヤールか。
エフフォーリアか、シャフリヤールか。
エフフォーリア、並んでゴールイーン！

日本ダービーの記録となる好タイム。写真判定の結果、1着は⑩シャフリヤール、2着が鼻の差で一番人気の①エフフォーリア。期待した⑤は16着、⑫は10着。私にはビギナーズラックらしい幸運もなかった。そば屋の店員さんの「取れるといいわね」という言葉が何度も思い出された。そもそも馬券を買ってもいないのだから、取れるわけがないのである。買っていればもっと熱くなったかもしれないし悔しさもあったかもしれない。ビギナーズラックも悔しさもやはり賭けてこそだ。そんなことを競馬に縁のない人間が思っている。

翌週のこと、毎月『百年の孤独』を一章ずつ読む読書会のため、私はまたドトールで『百年の孤独』を読んでいた。アウレリャノ・セグンドの父は、……アルカディオか。母は、サンタ・ソフィア・デ・ラ・ピエダだなと、登場人物や気になる記述に赤鉛筆で目印の線や丸を付けていると、ついたての向こう側に競馬予想のおじいさんの姿が見えた。おじいさんもまた赤いサインペンで競馬新聞に丸を付けて読んでいた。馬の血統にも印を入れていただろう。そしてその時、私とおじいさんが同じことをしているのだと私は気づいた。つまり、紙面に刻まれたただの文字や記号の羅列に、物語を見出していたのである。その瞬間、おじいさんはペンを机に置くと、顔を突然起こし、こう言った。

「明日は、雨じゃ！」

私はそれからも『こんな日もある』を読もうと試みている。よくわからない数字、記号の羅列に感じられたそのエッセイは、いまだに私にはよくわからないものだ。だが、少なくともそこにその言葉を解する人たちには見える世界の物語があるということを今は少しだけ想像することができる。

（つづく）

二〇二一・七

本町で地下鉄を乗り換えたことがある

私は本町で乗り換えたことがある。そう言おうとするとそれがどうしたんやという声が聞こえてくるような気がする。確かに、わざわざ言うようなことではない。あんたは関西出身やし、そんなん、なんちゅうこともないんちゃうか。そうかもしれない。だが、私は一九九〇年の春の日曜日の午後に祖父と本町で地下鉄を乗り換えたことがある、と言うとどうだろうか？

あれはドラえもんだった。たしか劇場版ドラえもん公開十周年を記念したイベントが大阪の南港で開かれることを『コロコロコミック』で知り、いや学習雑誌だったろうか、どうしてもそこに行きたかった。だが、小学生であった私にとって、大阪とは危険に満ちた大都会であり、そこにたどり着くには、大人の力が必要だった。そこで私はしばしば実家の店を手伝いに来る叔母に頼んだ。年下の従兄弟を連れて行けばきっと喜ぶはずであると力説した。だが、叔母はこう言ったのだ。その日は通販で頼んだベッドの組み立ての人員としてうちの家に呼ばれているのだと。そんなのは誰か他の大人に任せればいい。そう私がそそのかすと、叔母はさっと真顔になり、「君が寝ることになるベッドを私たちは日曜日の午後に組み立てるのよ」と言ってため息をついた。

そこで出てきたのが祖父だった。私にとって困難であっただけでなく、七十歳をとうに超えた大正一桁生まれの祖父にとっても、それは大変なものであったにちがいない。だが他に連れて行ってくれる大人はいない。店をやっていたから両親ははなから無理なのだ。私は体の衰えた祖父にしつこく頼みこみ、なんとか連れて行ってもらう手はずを整えたのだった。

いよいよ日曜日が来た。昼食を済ませると、祖父がいつものようにゆっくりとコーヒーを家族の人数分淹れた。私はあの時コーヒーに牛乳をたっぷり混ぜて一気に飲み干したのだったか。テレビでは昼のクイズ番組『アタック25』が始まり、画面の中では挑戦者がパリを目指していた。そうしてようやく家を出ると、いくら春で冬よりは日が長くなったとはいえ、すでに陰りはじめていた。京阪電車に乗り、淀屋橋で御堂筋線に乗り換えた。駅の通路の角にはホームレスが座り込んでいた。それまでに見たことのない光景が広がっていた。南港に行くためには、御堂筋線から四つ橋線、そしてニュートラムへと乗り継がねばならなかった。問題は御堂筋線から四つ橋線にどこで乗り換えるかということであった。もちろん、丸腰で臨んだわけではなかった。自宅で交通公社の発行する分厚い時刻表を開き、大阪市の地下鉄路線図を見ていた。だが、乗り換えができるかどうかがわかるだけで、どの駅で乗り換えるとよいのかを読み取ることはできなかった。なぜ本町を選んだのかはわからない。本町に到着すると祖父の手を引き、私たちは四つ橋線のホームへと急いだ。だが、どれだけ歩いても、一向にたどり着かない。ホームの上を歩き、階段を上り、歩き、階段を下るとホームが見えてきたが、それは別の路線のホームだった。ホームを端から端まで歩き、それでも私たちはまだ歩きつづけた。

十分近く歩いただろうか。駅の中の乗り換えだというのにすっかりクタクタになった。だが、急がねばならない。計算外の時間を費やしてしまったのだ。ドラえもんのイベントが終わってしまう。ようやく四つ橋線のホームにたどり着き、電車に乗ると、ほどなく電車は大国町という駅に到着した。私は心底驚いた。あれだけ歩いたのに、さっき乗っていた御堂筋線の赤い電車がホームの向かい側に停まっていたからである。ああ、ここで乗り換えればよかったのだ。

結局私たちは閉館少し前になんとか南港の展示場にたどり着いた。雑誌の案内によれば、入り口ではイベントについて書かれたパンフレットや、スタンプラリーのための用紙の入った袋が手渡されるはずであったが、もはや誰も出迎えてはいなかった。片付け物をしている人に尋ねると、無造作にビニールの袋を手渡された。だが、やけに軽い。袋の中を覗くと、パンフレットはなく、一つだけ押したスタンプラリーの用紙や書きかけアンケートだけが入っていた。これはどなたかの忘れ物のようなのですがと言うと、係の人は「もう、それしかありません」と私に言った。すべてのイベントが終わろうとしていた。多くの人が満足そうに帰って行くのを茫然と見ていた。そして、祖父と来た道を帰った。帰りのことはよく覚えていないけれど、このことだけははっきりしている。私は祖父と大国町駅でこれ見よがしにホームの向かい側の御堂筋線の電車に乗り換えた。夜暗くなってから家に着いたのではないかと思う。

あれから四半世紀以上の時間が過ぎた。まさかその本町の書店に自分が立っているとは想像もしなかった。本町のtoi booksに行くと決まって、何かの拍子に本町でのことを思い出した。それが記憶の呼び水になって次から次へとディテールを思い出していった。だが、こんなにもディテールを思い出せるというのは、むしろおかしくないだろうか。ひょっとしたら私の頭が捏造しているのかもしれない。証拠は何もないのだ。だが、改めて思うのだった。私は祖父と本町で地下鉄を乗り換えたことがあるのだと。

二〇一九・六

この文章はtoi booksで開催した「代わりに読む人 全点フェア（※全一点）」で配布したフリーペーパーに書き下ろしたものです。

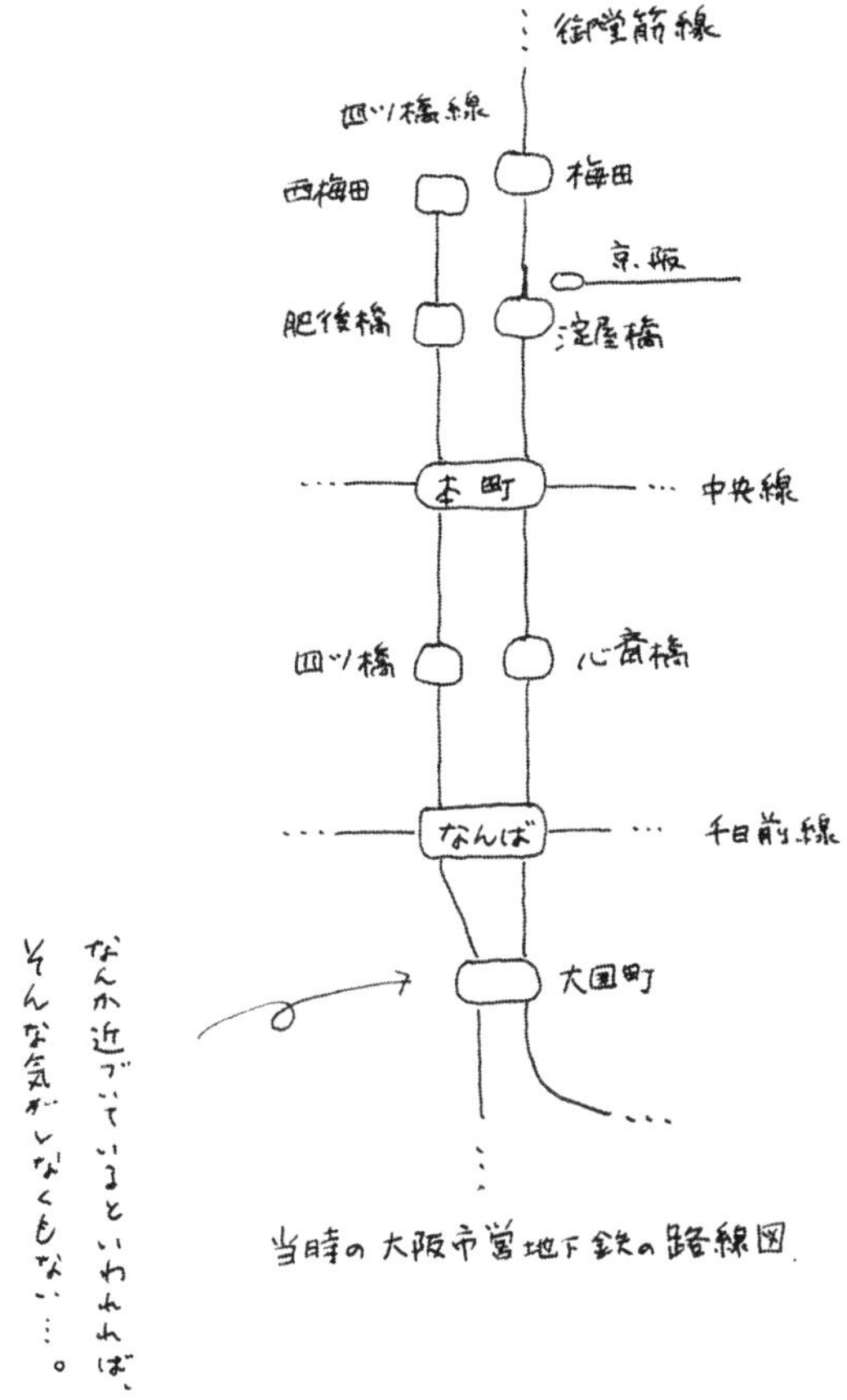

本屋に行く

続いている首塚

二〇二一年五月二十九日土曜日午前十時五分、千葉市の本屋lighthouse幕張支店の前に私は立っていた。

「おはようございます。友田とんです。これからみなさんと首塚に参ります。どうか怪我のないように今日は一日よろしくお願いいたします」

集まったのは七、八人。土地の人もいれば、小説の足跡をたどると聞いて遠方から来てくれた人もいた。

きっかけは二年ほど前のことになる。『パリのガイドブックで東京の町を闊歩する1　まだ歩きださない』を刊行したばかりの私は、本屋lighthouseの店主・関口竜平さんからの注文を受けて、オープン当日に直接納品に行った。その時、駅から本屋を目指して住宅街を歩いて行くと、緑で覆われこんもりとした形の丘がいくつか目に入り、不思議な地形だなと漠然と思っていた。それからしばらくして、後藤明生の小説『首塚の上のアドバルーン』を読んだ。幕張に引っ越してきた小説家の「私」が海の近くのマンションから幹線道路の向こうに見える丘のことが気になり、訪ねてみるとそこに馬加康胤《まくわりやすたね》氏の首塚を見つける。首をキーワードにして、「私」は『太平記』、『平家物語』を読み返し、読んで訪ねた記憶をたどって行く。ひょっとしてこの丘はあの本屋lighthouseに向かう時に目にした緑の丘のことではないか?という考えが私の頭に浮かんだ。Google Mapsで件の首塚と本屋lighthouseを調べてみると、予想は的中。至近距離に二つのピンが表示されたのだった。

そのことを店主の関口さんに知らせると、

「じゃあ、いつか後藤明生についてのトークイベントでもやりましょう!」

と返事があった。しかしその後は新型コロナの感染拡大などがあって、なかなかトークイベントが実現しない。ところが、何がきっかけであったたか、突然関口さんから、

「後藤明生聖地巡礼ツアーということで、みんなで首塚まで行きましょう!」

と提案があったのである。内心とても困ったことになったなと思った。というのも、私は大の

怖がりで、なるべくお墓などには近寄らない。かつて子供の頃に遠足で奈良県明日香村の石舞台古墳に連れて行かれたのだが、恐ろしいことにひとりずつ順番に石棺を取り除いた石室に入らされたのだ。もちろん、入ったのはほんの十秒かそこらである。しかし、遠足から帰ってからも、その時履いていたスニーカーを履くたびに、この靴は古墳の石室の湿った地面に触れていたのだということを思い出しては気持ち悪さを感じた。京都にいながらにして明日香村の石室の中にいるような気がして落ち着かず、結局親に靴を処分してもらったほどだ。もちろん、当時は小学生。今は四十歳を超えた大の大人ではあるが、頭の中身はあまり変わらない。首塚へ行ってしまったら、何かに取り憑かれてしまうのではないかと心配せずにはいられなかった。元々はトークイベントという話であり、本屋さんの安全な場所から地図を片手に、この首塚に後藤明生がひとりで歩いていったんですね、怖いですねなどと気楽に話をしようと思っていたのである。ところが、何の因果か私自身も首塚へ行くことになったわけだ。

日程が決まってから一ヶ月ほどあっただろうか。何かやはり気乗りせず『首塚の上のアドバルーン』の再読も先延ばしにしていた。触らぬものに祟りなし。わざわざ首塚に行くというのが良からぬことを引き起こしはしないだろうかと気が気でない。再読してみると後藤明生は一人でブナの茂った丘を登り、虫に刺されながら首塚に刻まれた碑文をメモして帰ってくる。小説家というものは怖いもの知らずでなければならないのか？　幸い、私は一人ではない。きっと一人で行けと言われたら挫けていただろう。だから、こうしてイベントで人と一緒に行くことができることを喜ぶべきかもしれない。だが、イベントの一週間ほど前になり、『首塚の上のアドバルーン』を読み返しながら、怖いな、何か土産をもらって帰ってきたら困るなどとどこかビクビクしていた。ふとした瞬間に来週は首塚に行くのだなと思い出すと、行かずに行く方法はないかと今さら言い訳を考えた。突然、深夜に目を覚ますと、変な汗をかいていた。何か怖い夢を見ていたという感覚だけがある。真っ暗な部屋で「ああ、来週は首塚に行くのだ」と思った。時刻を確かめようと枕元のスマホを手に取ると、知らない電話番号からの不在着信がある。ひとまず目を瞑っていると、隣の部屋から物音がした。首塚が私に「来るな」と連絡してきているのではないか。

ちょうど首塚へ行く前日のことだ。夕方、外から帰ってくると、マンションのエントランスの前に五十センチ四方ほどの大きな段ボール箱が放置されていた。どうして、誰もいないところに段ボールだけがあるのか？　普段なら通り過ぎるところだが、なぜか気になって、段ボールに近づいてみると、伝票には妻の名前が書かれていた。ふと、このなぜか放置されている段ボールが生首が入るならちょうどの大きさであることに気づいた。ひょっとしてこの中に生首が入っているのではないか？　これは、あれだ。映画『セブン』のラストだ。あいにく、ブラッド・ピットもモーガン・フリーマンもいなかったが、しかし私は明日首塚に行くことになっているのである。

ちょうどそこへ、「ああ、すいません〜」と言いながら、配達員が戻ってきた。私は部屋まで段ボールを運び込んでもらったのだった。なんのことはない。通販で頼んだ商品が今日、中国から届くと今朝、妻から聞かされていたではないか。中国？　しかし、私は自分の荷物ではなかったので、そのままにして、リビングで本を読み、風呂に入り、そして料理をしていると、帰ってきた妻が玄関で突然悲鳴をあげた。いったい何があったのか？　私が玄関に駆けつけると、

「ちょっと段ボールの中をみて！」

と指をさして、叫ぶ。段ボールを開けると、荷物の上に、わら半紙に赤いサインペンの大きな文字で、こう書かれていたのである。

「**湿潤したお品物**」

私は混乱せずにはいられなかった。というのも、この荷物は中国から送られてきたものだ。にもかかわらず、とても丁寧な文字の日本語が書かれていたのである。これはいったい誰のメッセージなのか？　咄嗟に私は思った。首塚からだ！

そんなこんながあって、ようやく幕張の本屋lighthouseを訪ねた時には、精神的にかなり消耗していたと言ってもいい。ただもうここまで来たら、きちっと礼儀正しく首塚に行くしかないと観念していた。それに、幕張駅から駅前の商店街を歩きだすと、小説に書かれた街を歩いているということに少なからず興奮してもいた。私は後藤明生と共に歩いている。

「これから後藤明生の小説に書かれた場所をたどるわけですけれど、『首塚の上のアドバルーン』はあくまで後藤明生の小説です。一見、エッセイのようですが、事実をそのまま書いているわけではありません。私たちはどこか、後藤明生の手の中で転がされていると思い、注意深く観察していなければいけません」

集合した人たちとまずは小説家の「私」が暮らすマンションへと向かった。小説では、こう案内している。

「そうです、どこにでもある、古くさい田舎ふうの商店街ですが、とにかく道の左側を歩いて下さい。少し行くと電車の踏み切りがあります、そう、そう、京成の踏み切りです。それを渡るとまた商店街で、間もなく歩道橋があります。旧千葉街道の歩道橋ですが、これは大して広くありませんし、登らずにそのまま信号で横断した方が便利です。（中略）とにかく、そのまま左側を歩いて来て下さい。そうしますと右手に真白い壁のバカでかいマンション、左手にバカでかいNTTのビルがあり、これまたバカでかい歩道橋にぶつかります。この二番目の歩道橋は登って下さい。六車線で、中央に植え込みのあるかなり広い自動車道路ですから。そして、その歩道橋に登ると、そこから前方左手に、十八階建てのハイツが四棟、コの字形に建っているのが見えます。（後略）」（『首塚の上のアドバルーン』講談社文芸文庫、p.20）

ところが、駅から海の方に向かうと、歩道橋は途中の幹線道路に掛かる一つしか見当たらない。

「ひょっとしたら、歩道橋について後藤明生は現実を改変しているのかもしれませんね」

と私が言うと、土地の参加者から、

「少し前までもう一つ手前に歩道橋があったんです」

と声が上がった。土地の参加者は心強い。確かに、歩道橋の数を改変する理由は見当たらないだろう。私は小説に書かれた街と、現実の街、という構図を頭の中に描いていたが、現実の街の方は、小説が書かれた後もずっと変化をしてきたわけだ。こうして、小説を手に、昔から土地で暮らす人々と歩くと、三つの街が同時に体感できるのである。しばらく行くと、大きなマンション群、というよりも何か高層の団地のようなものが見えてきた。

小説ではこの左端の角部屋の十四階に「私」は住んでいる。エレベーターで十四階へ上がり、非常階段に出た。風が強い。私は声を張った。

「さすがに、これは嘘ではないと思うんです。間違って読者が小説を参考に訪ねてきた時に、他の人が住んでいたら迷惑だと思いますんで」

「なるほど、それはそうですわね」

小説にはこうある。


十四階のベランダから、こんもり繁った丘のようなものが見える。S字型六車線に沿った黄色い箱は室内テニス練習場である。こんもり繁った丘のようなものは、その黄色い箱のうしろに見える。何だろうか？（中略）いわゆるお椀を伏せたような形をしている。子供が描いた山のようだ。最初はそれが黄色い箱のうしろに一つだけ見えた。しかし、いつの間にか二つ、三つ、と見えるようになった。(p.33)

そのお椀型の山こそ、馬加康胤の首塚のある丘であることに、やがて歩いて訪ねた「私」は気づくのだが、私たちがその首塚のある方角に臨むと、現在は手前に立派な高級マンションが立ちはだかっており、何も見えない。レーモン・クノーの絵画と似ていると「私」の言う、黄色い箱（室内テニス練習場）も見えない。私たちは小説に書かれた街と、現在との差を否応なく感じるのである。

だからどれだけ足跡をなぞっても、もはや小説世界にはたどり着けない。それでも、後藤明生が暮らした部屋の前の非常階段から景色を眺めると、何か作家に近づいた気がする。

そのまま非常階段を降りて、今度はその遮られて見えなかった首塚の丘を目指す。

「ここは旧街道で、埋め立てる前の海岸線に沿っていたんです。だから、まっすぐの六車線道路とは違って、くねくねしてるでしょ。それから、街道から入っていく道も細くて、曲がりくねっていて、これが昔からの街の道なんです」

言われなければ、気づかない。参加してくださった土地の方のおかげで、よそ者が普通に歩いたのでは見えないものを見せてもらった気がした。三十分ほど歩いただろうか。目の前に丘の登り口があった。石に刻まれた文字を見る。平成のはじめに整備されたらしい。手すりや石段も壊れかけていて、それは何か廃れた神社か寺院の参道のようだ。石段を登りきると、左手に墓地が広がる。脇道を歩いていくと、古い白く塗られた木の板に朱で「← 首塚」と書いた札がおどろおどろしく掲げられていた。

しかし、矢印に導かれて坂道を登りきると、ひらけた土地に出た。あたりはしんとしていた。そして、高い木が林立し、昼間でも薄暗くひんやりとしたその高台の真ん中に、人の身長よりずっと高くて立派な五輪塔が立っていたのである。

こんなに五輪塔が大きなものとは思わなかった。首塚の前で冥福を祈る。周りに高いブナの木が生い茂り、昼でも薄暗い。そして、風がビュービューと吹きはじめた。

ぐるりと五輪塔を一周すると、

「ここから海の方まで見渡せます」

と参加者が教えてくださった。海浜幕張の方まで、遮るものはなにもない。そして、かつてはこの丘から向こうが海だったという。陸の先端で海に臨む首塚である。

登ってきたのと反対の方に丘を降りていく。たしか、小説では、このすぐ隣に古い神社だか、祠であったかがあり、そこに年配の女性がひとり読経しているのを見つけたのではなかったか。いや、あれは『平家物語』に登場する首塚の舞台を訪ねた時の、「私」の記憶だったか。類似した体験や読書の記憶が混濁する。ひょっとしてその祠も後藤明生の創作であろうか？と思った時、ちょうど目の前に古い社が二つ並んでいるのが目に飛び込んできた。お参りしていると、小さな賽銭箱に、

「さいせんをぬすまないでください」

とすべてひらがなで書かれた注意書きが貼られているのに気づいた。そういえば、賽銭泥棒についても何か小説に書かれていた気がする。

何が現実で何が創作か。徐々にわからなくなってくる。あの小説を読んだことでここに私がやってきたという事実を思うと、もはや何が現実で、何が創作であったか、峻別することにそれほどの意味を見出せない。ただ、それでも気にはなる。まるでかさぶたでも剝がすように、小説から作者の創作を見つけ出そうとする。私はたまたま隣にいた参加者にぼそっと話した。

「私はあの小説に出てくる、首塚にいた女性というのは創作だと思ってるんです。あの人は実際にはいなかったんじゃないでしょうか」

すると、突然そのつぶやきを待っていたかのように、どこからともなく、いるはずのない子供たちの賑やかな歓声が聴こえてきた。私は狐か何かに騙されているのだろうか。さらに、軽快なリズムの音楽が鳴り響く。はて、どこかで聴いたこの曲はなんだろうか。みなで坂を下っていくと、降り切ったところに小学校があった。小学校の運動会が行われていた。子供たちが声をあげて校庭を駆け回っている。「マツケンサンバ」のインストゥルメンタルバージョンが競走のBGMとして流れていた。今さら、マツケンサンバ⁉などとみなで笑いながら、歩いて本屋light houseまで戻った。

本屋lighthouseへ戻る途、案内してくださった土地の方が、

「この街道より海側が埋立地、丘側は元は漁村だったんです。埋め立ての時に、みんな漁業権を売って、だから結構立派な家と、いい車が並んでるでしょ！」

首を左にひねると、確かに金持ちそうな家と車が並んでいた。そして、海の方を見ると、倉庫に工場、遠くには大きなマンションが並ぶ。こうして人工的に作られた土地の区画に建てられたマンションに後藤明生は暮らしていた。

誰も怪我することなく、具合も悪くならずに、無事お散歩は終了した。やはり一人ではこれは完遂できなかっただろう。参加者に感謝し、店主の関口さんにお礼を言って、私は帰途に着いた。

首塚を訪ねた帰り、何か変なものを持ち帰ってしまわぬよう、途中で酒でも飲んで、厄落としのようなものをしたかったが、都内は目下緊急事態宣言発令中のため外でアルコールは飲めない。では、千葉は？と土地の人に尋ねると、千葉市より東京寄りはみな同様にアルコールを提供していないと言う。千葉市より向こうに出れば飲めるんですけどね、と教えてくれた参加者もいたが、おとなしく帰ることにした。おとなしく帰らなかった参加者の一人は、この後、大手町の平将門の首塚を訪ねたという。首塚のハシゴとは！　怖がりの私にはとても真似できない。

帰宅して驚いた。後藤明生の電子書籍を出版しているアーリーバード・ブックスさんから、Twitterに上げた写真を観て、

「ファミールハイツに行かれたんですか！」

と連絡があったのである。例の後藤明生が暮らしていたマンションである。そして、一連のやりとりで、小説家・後藤明生とその家族が実際に暮らしていたのは、十四階ではなく、十一階であったことを私は知った。なんと、こんなところに小説と現実の違いがあったなんて。小説と現実の差異の可能性を人に注意しておきながら、まさか私自身がこんな初歩で引っかかったことがすこし悔しくもあった。

しばらくして、ふと思い出したことがある。首塚を拝んでいた時、参加者の一人がこんなことを言ったのだった。

「こんな立派な首塚が建てられて、今までずっと残っているということは、この地域でとても功績のあった、重要な人だったんでしょうね」

確かにそうだ。私は首塚をただただ怖がっていたが、こうして首塚を忘れずにいる。そして何かの機会に訪ねてみる。これこそがまさに慰霊ではないか。何か悪いことなど起きるはずもない。そして、首塚に行ったことも書いておかなくてはと思った。怖さはもうどこかへ吹き飛んでしま

った。

（つづく）
二〇二一・八

積み重なっていく日常の先に（『ユリイカ 特集・近藤聡乃』に寄せて）

『ニューヨークで考え中』を読み返していて、かつて『A子さんの恋人』と出会い、読みふけった時の記憶が鮮明に蘇った。その出会いはいささか奇妙だ。五年ほど前のことになる。私はマレーシアの片田舎に駐在して働くかたわら、ガルシア＝マルケスの『百年の孤独』をすでに何年も繰り返し読み続けていた。というのも前年に亡くなったガルシア＝マルケスの『百年の孤独』を一見無関係なドラマや映画やドリフのコントなどに脱線しながら読むことでリミックスした『『百年の孤独』を代わりに読む』を執筆していたからだ。それは「読むことのフィクション」ともいうべきものだった。そして、小説を他人の代わりに読むという無謀なその試みのちょうど中間地点に差し掛かっていた私は作中で偶然にも〝A子〟という女性を登場させ、彼女に「代わり

に読む」とはいかなる方法なのか、悟ったばかりの核心を意気揚々と語っていた。ところが、A子は一言、

「まだ読んでたんですか？」

と言って、私を狼狽させ去っていった。トドメの一言を言い放った彼女はいったいどこへ行ってしまったのだろうか？と、私は続きを書き進めるために繰り返し自問自答しなければならなかった。もちろん、架空の女性である。消息も自分で考えるしかない。ただ、何か世界にヒントはありはしないだろうかと、Googleの検索窓に「A子」と入力したのだった。その時、画面に表示されたのが近藤聡乃のマンガ『A子さんの恋人』だったのである。すかさず私はAmazonに注文をしたのだった。

いったい何のことだかわけのわからない話に聞こえるかもしれないが、これは実際に私に起こったことなのである。もしこれが作り話ならもっとわかりやすい話になっているはずだ。

一週間ほどすると、FedExの黄色いテープが巻きついた段ボール箱が部屋に届いた。私はちょうど熱を出して仕事を休んでいた。強い日の光が差し込む部屋のカーテンを閉め、クーラーの利いた部屋で据え付けの一人には広すぎるベッドの上に寝転がりながら、『A子さんの恋人』を一心不乱に読みふけった。コミカルな会話を楽しみながら、翻弄されるA子さんの恋の行方が気に

なった。同時に、常夏の国に暮らす身には、つんと寒い冬が恋しかった。満開の桜もしばらく観ていなかった。忠実に描かれた阿佐ヶ谷の駅や街に写真以上に心を動かされた。懐かしさ余って、行ったことのない場所、経験したこともないことまで懐かしいと思い出しさえしていたかもしれない。夜、ちょっと切ない気持ちになったまま、熱の下がった私はひとりキッチンで日本から持ち込んだ出汁パックと味噌でみそ汁を作って食べた。翌日はすっかり回復して、昼にはいつものようにマレー・チャイニーズが営む食堂へと駆け込んで、長細い米を盛ったプラスチックの皿に汁気のあるおかずをたっぷり載せてもらい、それを掻き込んだ。湿って土埃っぽい空気、通りの喧騒、なかなか通じない言葉、食器のぶつかる音。

A子さんはこれからどうなるのだろう。もちろん、そこに描かれていたA子さんは私が探していたA子ではない。しかし、私はむしろ『A子さんの恋人』に描かれる、A子さんとその（元）恋人たちの物語にすっかりはまってしまったのだった。マレーシアにいる間に何度も『A子さんの恋人』を読み返し、続きを想像した。なぜか次第にA太郎に惹かれていった。『百年の孤独』と行き来して読みながら、A太郎は人気者で人懐っこい雰囲気と同時に、孤独の影を纏うまさにアウレリャノだと思った。私が探していたのは見つかるはずのないA子であったが、その見つかるはずのないものを追い求める心境が、A子さんに振り向いてほしいA太郎の叶わぬ思いとシンクロしていたのかもしれない。

やがて日本に帰国し、『ニューヨークで考え中』を手にした。一話見開き二ページで描かれるニューヨーク暮らしの話の数々を一度に読むのはもったいなくて、寝る前にちびちびと読んでいた。

日本語を習いはじめた夫がひらがなや漢字を楽しそうに練習するのを見て、自分が子供の時にどの字が好きだったかを思い出す。ある時、夫がコツコツ勉強しているのは日本語が妻という人の一部だという気持ちでいてくれていたからだったんだと気づいて近藤聡乃は感銘を受ける。私もまたそこを読んで、マレーシアで現地の同僚にひらがなや漢字を書いてみせたことを思い出し、彼らが興味を持ってくれたのはきっと私を理解しようとしてのことだったのだと気づかされた。

近所のランドリーの店員さんが仏頂面だったのが、突然感じがよくなったのに気づいて、どうしたんだろうと想像する。ご近所さんはあいさつしてくれることもあれば、時折無視したりもする。うまくコミュニケーションができたらうれしいし、そうでなくても、なんだろうと考える。つい日本にいると、ちょっと店員さんの愛想が悪かったり、人と意思が通じないだけで苛立ってしまったり、不満に思ってしまうことがあるが、それはわかりあえて当然という気持ちが内心あるからだ。外国ではうまくいかないのが基本だ。様々な背景を持つ人々と暮らしていたら、何か少しでも通じあえたら儲けもんという広い気持ちでいられるのかもしれない。

このように、近藤聡乃が好んで描くのは、日常のちょっとした体験やスケールのごく小さい暮らしの中の個人的な喜びや悲しみだ。そして、日常の小さいことをきっかけにした話を読んでいると、不思議なことに私自身のなんでもない日常の記憶が呼び覚まされる。つまり、近藤聡乃の作品は読者の記憶を呼び覚ます装置として機能しているのである。それは何か作品の作り方に秘密があるのだろうか？

そんなことを考えながら読み返していたら、「エッセイマンガは「作る」というより「日常から拾う」感じがします。」（『ニューヨークで考え中』3巻 亜紀書房 p.47）と書かれているのが目に留まった。一見、拾うというのは何でもないことのようだ。だが、そもそも目に留まらなければ拾うこともない。それに、時間という道を進んで行く私たちにとって、日常の出来事を拾うのは一回きりのものであり、過ぎ去ってしまえば失われてしまうものである。ふと机の上に積まれた『ニューヨークで考え中』や『A子さんの恋人』に目がゆく。この結構な厚みの一枚一枚の紙に日常が描かれ、それが積もっているのだ。近藤聡乃によってまったく違う場所で拾われた日常の出来事を読むことで、すっかり忘れていた私の記憶が遡って拾われ、蘇る。それはなんと不思議なことだろうか。そして、そのようなことを可能にしているのは、単に日常の出来事を記号として収拾しているのではなく、日常を描きながら、出来事をフックにして作者自身が何か別の記憶を呼び覚ました運動そのものを描いているからではないだろうかと思い至った。私もそうした日常のささやかな出来事を拾い、人の記憶を呼び覚ますような運動を書き記せたらと思う。

＊

ある日、私はマクドナルドで、そんなことを考えていた。ふと気づくと、隣のテーブルで太い黒縁のメガネを掛けたおじさんが本を読んでいる。その文庫本には茶色い革製のブックカバーが掛けられていた。おじさんはカジュアルなニットを着ている。今日は休みなのだろうか。黙々と読んでいたおじさんがおもむろに立ち上がって向かいの席に置いていたトートバッグをガサゴソと探りだした。何か気になる一文に触れて急ぎ筆記具でメモでも取ろうというのか。しかし、ガサゴソと片手で探るだけでは見つからないらしい。今度は両手で本格的に探りだした。その一部始終を固唾を飲んで見守っていた私の前で、果たしてトートバッグから出てきたのは、一つのみかんだった。食べ終えたチーズバーガーの包み紙の上で皮を剝き、二つに割ったみかんを片手に持ってもう片手でページを繰り、読書に浸る。目は本に落としたまま、時々みかんにかぶりつく。

そんなに黙々と何を読んでいるのか？　帰り際コートを着ていると、またおもむろにおじさんがガサゴソと鞄を探りだした。今度はいったい何を？　その時、カバンから出てきたのは橙色の綺麗なみかんだった。もう一つ皮を剝きおじさんは本に目を落とした。マクドナルドにあるはずのないみかん。まるで梶井基次郎の「檸檬」のようだと思う。

　そういえば、まだ実家にいた子供の頃、冬になるとみかんは家の向かいの果物屋から段ボールで買ったものだった。当時は一箱で三千円ほどもしなかった。寒い部屋の外に段ボールのまま置いて、そこからいくつか摑んで持ってきては、暖かい部屋でみかんを食べたものだった。「あんまり食べたら手が黄色くなるで」と白い筋を丁寧に取り除きながら祖母が言った。房の皮も残した。消化に悪いから、と。私はそんなことは御構いなしに、次から次へと白い筋も取らずに房ごと食べた。考えてみたら、皮を残していた祖母はいったい何のために白い筋を取っていたのだろうか。

　こうして、日常で目に留まったことをきっかけに何かを思い出し、そしてその思い出したことの不思議を考える。ちゃんと私は日常を拾えているだろうか。思い出す運動を書き記せているだろうか。

＊

『ニューヨークで考え中』を読んでいると、ニューヨークを舞台にした小説をいくつも思い出す。ポール・オースターの『ムーン・パレス』（柴田元幸訳）では身寄りのない学生の「僕」の前に劇的な偶然が次々と起こり、想像もしなかったような出自についての事実を知る。確かにニューヨークでならそんな奇跡が起こりそうだ。しかし、近藤聡乃の作品ではそのような劇的な偶然は起きない。『ニューヨークで考え中』にしても、『A子さんの恋人』にしても、仕事や締め切りに追われて暮らしていく中での小さな変化や決断、気づきが積み重ねられていく。私はふとベン・ラーナーの『10:04』（木原善彦訳）を思い浮かべた。ニューヨークを襲った二度のハリケーンの間のちょうど一年間に語り手に起こった出来事や目に映った街の様子が語られる。詩人である語り手はあることを知る前と後とで、物事の見え方がほんの少しだけ変わってしまった人々の話を聞き、自らもそのような変化を経験する。そして、自分の身に起こったことや身の周りのことを少しだけ改変した小説を書こうと試みる。「全ては今と変わらない――ただほんの少し違うだけで」（『10:04』序文）。まったく同じように見える日常も、少しずつその姿を変えている。近藤聡乃は日常をマンガにすることで、そのような少しずつ変わっていく日常を記憶にとどめている。

『近藤聡乃エッセイ集　不思議というには地味な話』に、イギリスの子供番組『テレタビーズ』の「もう一回！」というセリフをきっかけにして、高校生時代の通学中に何度も同じ本を繰り返し読んでいた、ということを回想する一節がある。そして、「一人で長時間同じことを繰り返したいからアニメーションを作っているのではないかと思うこともあります。」と言う。確かに、アニメーション制作は同じような絵を大量に描く作業である。ただ、それはまったく同じではなく、ほんの少しずつ違う。そのほんの少しずつ違う絵を何百枚と描いていくなかで、当初は想像もしなかったようなところへとたどり着くのだ。

『ニューヨークで考え中』の中で、いつか日本に帰るのだと思っていた近藤聡乃は今では結婚してニューヨークで暮らしていて、「十年後はどうしているだろう？」と想像している。ただ、どのように暮らしていても、「日常はその人なりの形に収束していくのではないだろうか」とも言う。日常の積み重ねの先に近藤聡乃さんの日常がどんなところへ収束していくのか、その少しずつ変化していく日常を一読者としてこれからもずっと読んでいたいと思っている。

A君はいつも飄々と翻訳をしているが、ある日彼の元に大江健三郎の「空の怪物アグイー」の翻訳依頼が舞い込む。その作品はA子さんからはじめて借りた小説で、彼にとって思い入れ深いものだった。とても印象的な場面だ。変わりのないような日々に、時折このようなことが起こりうる。

それであらためて思う。マレーシアの片田舎でパソコンに向かいGoogleの検索窓に「A子」と入力した時、将来、近藤聡乃さんについてこのような文章を書くことになろうとは想像もしなかった。あの時も今も、私は文学を読み、街を歩き、そして日常で見かけた可笑しなことを書き綴っている。むろん、怠惰に暮らす日もある。同じことをただ繰り返しているだけのような気もする。けれど、そのような日常を大切にしてきたことは確かだ。そして、その日常の積み重ねの先に今があるのだと思うと、日常というものの大きさを感じずにはいられない。

二〇二一・三

小説

私の応援狂時代

初夏のある土曜日の午後、随分と前から再三母に言われつづけていたが、いよいよ建物を明け渡す日取りが決まったというので、実家の二階にあるかつては私の部屋であった部屋の本棚を整理していた。二十歳くらいの時に、背伸びをして買ったままの本の背が日に焼けて色が飛んでいた。小一時間でやって来られる近さが十年以上もこの本棚を私にそのまま放置させてきた。整理とは言っても、本ということになれば、つい手にとって中を開いてみたくなるもので、だから昼前にははじめたというのに、一向に終わる気配はなかった。古いノートも出てきた。まったく覚えはないのだが、明らかに私の筆跡で、どこかから書き写したのだろうか、自ら複製してみなければわからないものがある。

とあった。

かつてそのことと日々格闘していたのはむしろ父であったかもしれない。白い紙がいちばんいい。印刷するということは紙を汚すことだ、とことあるごとに私たちに繰り返しながら、それでいて持ち込まれた仕事はどんなものであっても、たとえいかがわしいチラシの類でも黙々と印刷した。下手なものを複製するな、下手な歌を歌うなと家族に繰り返し言っていたが、当の本人は印刷をしながら鼻歌を口ずさんでいた。

実家が印刷屋で得した記憶はあまりない。悔しかったことはある。一度、夕方家に帰るとスーツ姿のテレビ局の人が来ていて、ドラマに出てくる印刷屋のシーンを撮影させてほしいと父に頼んでいた。どうしてうちの実家にテレビ局の人が目星をつけたのかは見当がつかないのだが、ミーハーであった私たち兄妹の期待をよそに、父は断った。くだらないドラマなんて必要ない。話はそれで終わり。しばらくみなそのことは忘れていたが、当のドラマがテレビで放映されると妹が誰よりも大きな声を出して悔しがった。今井美樹は石田純一と婚約していたが、妹の松下由樹が姉の婚約者を奪ってしまうというそのドラマで、姉妹の実家が街の印刷工場であった。このシーンにうちを使おうとしたのか！　父がロケに協力してくれてたら、石田純一や今井美樹に会えたのにと印刷工場のシーンが出るたびに妹はひどく悔しがった。この印刷機の前に伊東四朗が立っていたかもしれないのだなあと思うと、私も損をしたような気がした。だが、そこには相変わらず鼻歌を歌う父の姿があるばかりだった。一方、石田純一を今井美樹から奪い取った松下由樹の評判は家族の間で極めて悪く、それは彼女の演技が見事だったからだと今ではわかるのだが、テレビの前ではアンチ松下由樹で団結し、兄妹揃って今井美樹の応援をしていたのだった。ダイアナ・ロスが歌う主題歌を英語のわからない私たちは耳で聴こえたとおりにカタカナで真似た。歌っていると仕事を終えた父が「下手な歌を歌うな」と声を上げながら二階に上がってきた。

下から上への声は通る。気づけば夕方で、夕飯食べていくでしょ、いや夜は約束があるからいい、と階下の母に声を張り上げるのも久しぶりのことだった。声を張り上げて下の階に伝えるのは難しい。張り上げたものは、上へ上へと伝わるものだからだ。かつて父は繰り返しそう言った。だが、あれは真面目な父の、父なりの冗談だったのだろうか。実のところ、下の階に向かって何かを言うのが難しいのは、上を向いて、下に声を出すからではなかった。日中、ガシャンガシャンと終始印刷機の音が鳴り響き、上から何かを叫んでも下にいる者に声は到底聞こえなかったのだ。

いよいよ、今日は終わらない、また近いうちに来るしかないと断念すると、気持ちも途端に楽になり、であればと次々に本を開いた。偶然手に取った黒い背の新潮文庫を開くと、そこには東京六大学野球の外野スタンドの半券が何枚か挟まっていた。中にはもぎられないままの早慶戦のチケットもなぜかあった。

私はある時期、狂ったように神宮球場に通っていたのだった。だが、根っからの野球ファンではなかった。そもそも、大学に入るまで野球を観戦したことはなかった。野球場に行ったこともなかった。しばしば父が仕事場でつけているラジオで野球中継が流れていても、まったく興味がなかった。ところが、あまり深く考えずに入会したテニスサークルで入るなり誘われたのが六大学野球の観戦だった。テニスサークルなのに、野球観戦？

六大学野球のリーグ戦の最後を飾る早慶戦は一種のお祭りで、チケットを手に入れるのも一苦労なのだと先輩たちは言った。新人は協力してほしいと。それで発売日にどこかに並ばされるのかと思ったのだが、そうではなく、それよりも前にあるリーグ戦に通ってスタンプを集めればいいらしかった。なんだそんなことか。とにかく観戦に行きさえすればいいのなら、私にもできる。野球に興味はなかったが、スタンドで本でも読んでいればいい。四月の土曜日、実家からＪＲと地下鉄を乗り継いで外苑前に着いた。駅を出てすぐのところにあるファーストキッチンで先輩たちと合流した。神宮球場の外野スタンドに足を踏み入れると、目の前にフィールドが開けていた。米粒みたいに小さく見える選手たちがフィールドに散らばっていた。振り返ると無数の青いプラスチックでできた外野席が並んでいた。

守りの応援は祈りのようだった。ピッチャーが投げる一球一球を静かにストライクや三振になれと応援する。応援団員は、観客の側を向いて、ピッチャーの投球に合わせて、「せーの、ストライク！」と叫んだ。ストライクを取ると、わーっと声をあげ、失敗すると「おしい！」と直ちに叫んで悔しがった。私はストライクでもなんでもよかった。だが、他人事として観察しているとむしろ不思議なことに気づくもので、応援団員たちは観客の方を向き、フィールドの試合を見ていないにも拘らず、ストライクを取れたか瞬時にわかるようだった。なぜだ？　エスパーなのか？　今も昔も気になると居ても立っても居られない。試しに、応援団員と同じように後ろを向き、応援団員が、「せいのっ、三振！」と言うのを背で聞いた。スタンドを見上げた。外野スタンドの最上段に応援団員が一人立っていて、サインを出していた。ストライクを取るとガッツポーズをし、取り損ねると、握りこぶしを振りおろし足で大きく地団駄を踏んで悔しいというポーズをとった。これをスタンドの下段の応援団員は見ていたのだった。秘密のシステムを発見して歓声を上げると、隣にいた先輩の一人が驚いて、

「えっ、なに？　高橋由伸でもいた？」

と言った。私は高橋由伸を知らなかった。

やがて、攻守が入れ替わり、突然ブラスバンドの演奏が大音量で始まった。トランペットや太鼓の音の振動が体に直に伝わってきた。学ラン姿の応援団員がダミ声で応援歌を歌って観客をリードした。むろん、学生がみな応援歌を覚えているはずもなく、スタンドは気持ちよさそうに歌っているもの、不安そうに口ずさむもの、メガホンを叩くだけのもの、メガホンを頭にかぶるものまで様々だった。私は応援歌など聴いたこともなかったから、ただ配られた紙のメガホンを叩いて拍子を取っていた。応援歌が終わって気づくと、バッターがバッターボックスに立っている。バッターへの応援が突然始まった。

がんばれ、がんばれー、タ・カ・ハーシ！
そーら、タッカ・ハシ、タッカ・ハシ、
タッカ・ハシ、タッカ・ハシー、
それー、それー、それー、はい、よーお、高橋！

まったく意味はわからない。いや、バッターが高橋だ。スタンドの正面に作られた板張りのステージに上がった応援団のリーダーが、この読点ごとに、区切れた動きで両腕を頭上から前に、横に動かして、拍子を取り、応援を指揮した。やがて、バッターが塁に出ると、ファンファーレが鳴り響き、音が止むと、リーダーがステージの上を右へ左へと立ち回って観客を盛り上げ、そこで高くジャンプした。両足を左右に大きく広げ、宙に静止したかに見えた彼が着地した瞬間に突然大音声のチャンスパターンの演奏がはじまった。

♪パー、パパパ、パーパーパーパー
　「今だ、ヒット高橋」
パー、パパパ、パーパパパ
「チャンス、チャンス、慶応」
パーパ、パッパ、パーパー、
　パーパ、パッパ、パパパパパ
パーパ、パッパ、パーパー、パッパ
「燃えろ、慶応」

「チャンス、チャンス、チャンス、
　チャンス慶応」×2
（大きな声で）「はいはいはいはい」×2
「慶応かっとばせー」
「はい、Go!Go!Go!」
「かっとばせ、かっとばせ、高※★

いつまでも続くかに思われたチャンスパターンは突然終わった。バッターが打ち取られると、応援団員が手で×印を作り、これを見た指揮者が動きを止めてお辞儀すると、それぞれの奏者が演奏をバラバラとやめ、音が乱れた。攻守が次々替わり、試合が終わった。手に持った紙のメガホンは強く打ち続けてボロボロに破れていた。野球に興味はなかったが、チャンスパターンはもう一度聴いてみたかった。本を開く間もなかった。

ふと手元の文庫本に挟まった半券でこれだけのことを思い出したことに驚いた。

それまで私は野球以上に応援に興味を持たなかった。おそらく応援というのはただ大声を出しているだけだと思っていた。しかしそれは違ったのだ。応援団とブラスバンドとチアリーダーが観客と一体となって選手を応援する。その中心に応援団がいた。応援団が体全体を使って拍子を取っているのだ。応援団員は人一人の大きさなのに、その体の動きはずっと大きく見えた。以来、頻繁に神宮球場に通うようになった。ずっと見ていたかった。私は応援に魅せられていた。だが、当時の私はその独特の体の動きを説明する言葉を持たなかった。

言葉は持たなかったが、自然と応援団の体の動きを自分で真似るようになった。複製してみなければわからないことがあると自分に言い聞かせた。だが、それは簡単なことではなかった。今のようにネットに映像があるわけでもなく、通って繰り返し応援を見て、拍の取り方、ポーズを覚えては鏡の前で試すしかなかった。

球場に通い応援団員を模倣する中で、応援を少しずつ言語化していった。応援はただ手で指揮するだけではない。一拍ごとに片足を交互にくの字にして体を大きく右へ左へ傾けた。特に私が心を摑まれたのは、チャンスパターンのサビだった。両方の手のひらをくるくるくるっと素早く回しては、歌舞伎役者が睨みをきかせるように、「はい！」と言い、そのたびに手のひらの中に一瞬一輪の花を咲かせた。両腕を天に伸ばして、握りこぶしを交互にパッと上に開いた。火花が吹くようだった。どうしたら花を咲かせることができるのだろう、体を大きく見せられるのだろう、美しい曲線が出せるのだろう。

同じ人間の体のはずなのに見よう見まねでどれだけやっても同じものはできなかった。筋肉痛にはなった。可笑しな形に靴底が磨り減った。そして、日々練習を繰り返すうちに、ある日突然私は気づいたのだ。

みなさん、なぜ応援はこれほど体を酷使するのでしょう？　応援とはある種の複製であり、デフォルメだからなのです！　ピッチャーがボールを振り被って投げるポーズ、外野手が腕を高く伸ばしてグローブで球をキャッチするポーズ。よく見てください。応援の指揮の、体をギリギリまで傾けるポーズはそのポーズそのものではありませんか？　応援の動きはまさに野球選手のポーズの複製であり、デフォルメなのです！

だが、そんな演説を打つ相手はどこにもいなかった。難しければ難しいほど、その複製にはまっていった。応援にただ熱心に行く。私は果たして野球を応援していたのだろうか？　応援はしている。しかし、私はいったい何を応援していたのだろうか。

応援狂は大学四年の春に絶頂を極めた。毎試合毎試合球場に通い詰めていると、いつもありがとうございますと応援団に頭を下げられたりしたし、熱心な観客がいることにも気づいた。彼の存在に気づいたのは、対東大戦だった。東大側のスタンドの観客は少なく、しかし、外野スタンドの一番上の方を、応援歌やチャンスパターンに合わせて、長袖のチェックのシャツを着た男がへらへらと笑いながら一ブロック分も右に左にと思い切り行ったり来たりしていた。土日と続いた試合の間中、東大生の男は今まで見た誰よりも夢中で応援していた。

私は声の出しすぎで、帰りは声がガラガラだった。すぐに喉が元に治るといいのだが、週の半ばになっても、声がおかしく、咳が止まらなかった。ゼミに行くと、「君もこの季節性の咳なのか？　これはひどくて困りますね」と先生が言うので、声の出ない私は「はい」と言う代わりに「コホン」と返事をした。なぜ先生と同じ症状なのかわからないが、もちろん、私の声が出ないのも、咳が止まらないのも季節性の咳などではなく、通い詰めで応援していたからだった。予定していた私の発表は翌週になった。私は小さい頃から健康だけは自信があって、風邪ひとつひいたことがなかった。

週の半ばまでは声が嗄れているが、週末までには喉が元どおりになる都合のよい体で、翌週の対明治戦は、苦手とする対戦相手であった。なかなかこちらはヒットが出ず、ランナーが出なければチャンスパターンが掛かることはなかった。一方、明治はというと、次々にヒットを打ち、大勢の人の入った応援席はいつまでも終わらないチャンスパターンで盛り上がり、試合の途中からもはや勝利に酔いしれているかのようだった。私たちは声をひそめてなんとかバッターを打ち取ってくれと祈った。向こう側の外野スタンドに、チェックのシャツを着たあの東大戦の応援男がいた。またしてもスタンドの右から左へとものすごい勢いで走り回って応援していた。彼はいったい何者なのか？　東大生ではないのか？　なぜ明治も応援しているのか。彼の応援は生半可なものではなかった。何しろ、勝ち点の勝負が平日に持ち越されても、月曜だろうが火曜だろうが、試合が続くかぎり神宮球場に姿を現した。いったい彼は何のために全ての試合を大学を問わずに応援しているのか？　何か止むに止まれぬ事情があるに違いない。もちろん、それを観察する私もまた月曜にも火曜にも球場に姿を現していたわけだが。

明治に敗れたものの、負けたら負けたで悔しく、観客同士怒鳴り散らすような大声でここぞとばかりに立て続けに第一応援歌、第二応援歌を歌った。校歌は勝手に三番まで歌った。そうして潰した声は週の半ばになっても治らず、咳しか出なかったゼミで先生が「一週間以上も咳が止まらないとは大変ですね」と言ったので、嫌味かと思ったがそうではなかった。「今年の咳風邪は本当に厄介なんですよ」と呟き込みながら心配してくれているようだった。応援で毎週末喉を潰しているとはとても言い出せなかった。それに応援で声を潰しているわけでもない先生の咳の方が内心気がかりだった。

だが、父の目は誤魔化せなかった。週末になると毎日六大学野球の応援に出かけ、そして声を嗄らして帰ってきていた私に気づいていたようだ。部屋の扉を父が突然開いた。

「下手な複製はするな！」

と言い放った時、私は応援のポーズの真似をしていたのだった。

「就職は決まったのか？」

単位は取りきっていたが、就職は決まらなかった。それでも毎試合通った。いや、決まらないのを忘れようとするかのように前にも増して熱心に通った。

翌週は確か対立教戦だった。父に見つからぬように、球場へ行った。いつものあの応援男の姿を向こう側のスタンドに探してみたが、その姿は見つからなかった。彼にも何かあったのだろうか？　私は母校の応援に集中した。すると、突然後ろから肩を叩くものがいた。振り返ってみると、そこに応援男がニヤニヤしながら立っていたのである。

「なんでこっちにいるんですか⁉」

と驚いて咄嗟に言った。彼はニヤニヤしているばかりで、私は堪らずに、

「いつも反対側にいますよね」

と言うと、向こうはあはははと大笑いした後で、

「君もね」

と言った。

「今日はうちを応援するんですか?」

と尋ねると、

「うん、応援の少ない方を応援してるんだよ」

と彼は言った。

確かに立教はその年、数年ぶりに優勝が懸かっており、観客も随分と入っていた。試合は双方一点ずつ入れた後、しばらく投手戦になった。予報では晴れだと言っていたが、じきにどすぐろい雲が球場を覆い、そして雨が降り出した。しばらくしたら止むか、あるいは試合が中止になるだろうと高を括っていたが、止むどころか次第に雨は強くなるばかりだった。グラウンドは水浸しになり、試合はしばしば中断した。選手はベンチに引きあげていた。傘をさす人もいたし、賢明な観客は諦めて帰っていった。フィールドにはもはや誰もいなかったが、それでも記録上はラ

ンナーが塁に出ていたので、チャンスパターンは止むことなく続いた。応援団もチアリーダーもブラスバンドも、そして私も応援男も無人のフィールドに向かって意地になって応援を続けた。ふと周りを見るとスタンドにいる観客は私と応援男だけだった。ただ外野スタンドで雨に打たれつづけた。

あの試合に勝ったのか、そしてあの後、ずぶ濡れの状態でどうやって家まで帰ったのか、今となっては思い出せない。覚えているのは、その次の日から私は高熱を出して、一週間も寝込んでしまったことだ。ゼミを休んだ。面接もすっぽかした。だが、悔しかったのは、肝心の早慶戦の応援に加われなかったことだ。ところが、不思議なことに、私が早慶戦の応援席で熱心に応援している姿をテレビ中継で見たと何人もの人から言われた。私は実家のベッドに倒れていたはずだが。

それで気づけば、リーグ戦の応援に通うこともなくなっていた。就職して応援に通わなくなったのか、それとも応援に通わなくなったから就職できたのか、わからない。なくなってしまうと、あの応援熱はいったいなんだったのだろうかと思う。一度だけ、あの応援男を見かけた。会社帰りに電車を待っているとき向かい側のホームに応援男が立っていた。私は彼に気づかせようと手を上げて、

「夕飯、食べていくでしょう?」

母だった。

「いや、夕方から約束があるから」

「あ、そうなの」

父の言ったことは正しかったようだ。あの時、私はいったい何を応援していたのか？　帰りぎわに、下に降りてみると母はどこかに出かけてしまったようだった。私は一階のかつては機械と紙の並んだ広い部屋に入ってみた。もはやここに印刷機はなく、伊東四朗の姿も思い浮かばない。私は意味もなく応援を振ってみた。手のひらに出来損ないの一輪の花が咲いた。チャンスパターンは聞こえなかった。応援歌は聞こえなかった。下手な歌を歌うなという声もまた聞こえなかった。

二〇二〇・四

スーパーの息子

実家がスーパーだったことはほとんど誰にも話したことがない。自慢するようなことではないが、別に恥ずかしいと思っていたわけでもない。にもかかわらず、人に話したりしなかったのは、単純に、自分でもあれが本当にスーパーと呼べるものであったのかわからなくなってくるからだ。

確かに私の父はスーパーを営んでいた。「スーパー村田」の看板を掲げていた。周りの人たちも、うちのことをスーパー、スーパーと呼んでいた。しかし、それはスーパーと呼ばなければ、誰もスーパーとは思わない代物だったのだ。近くにいわゆるスーパーらしいものがなかったわけではない。歩いて五分ほどの場所には四階建ての建物と駐車場を擁するスーパー、西友があった。ところが、思い返してみると、土地の人たちはこれを決して「スーパー」とは呼ばなかった。

「ちょっと、西友行ってくるわ」と言ったのだ。しかし、スーパー村田については、律儀に「スーパー村田に行ってくるわ」とか、単に「スーパー行ってくるわ」と言ったのである。「村田行ってくるわ」と言うのを聞いたことがない。村田では何のことか通じないからだ。西友ができる前からスーパーを名乗っていた。壁には「スーパー村田」と貼り紙がしてあった。チラシには「村田」の字よりもうんと大きい「スーパー」の文字が印刷されていた。もの心ついたときから、それはスーパーと呼ばれていたし、土地を離れるまでは疑問にも思ったことがなかった。

広さはどれくらいだっただろう。古い街の碁盤の目の区画を思い浮かべてみる。区画が五十メートル四方だとすると、スーパー村田はその内側をくり抜いたような形で三十メートル四方といったところだろうか。しかし、何より不思議なのは、普通ならスーパーは一つの建物だが、スーパー村田は建物ですらなかったのだ。どういうことか。

思い出せば思い出すほど、ますますあれは本当にスーパーであったのかという思いが強まっていく。古い街の一つの区画の中をそれこそ果物の果肉をくり抜いたようにして、内側が中庭のようになっていた。近くのマンションから見下ろせば、区画の通りに沿って建つ建物が、その頃は口にしたこともなかったもんじゃ焼きの土手のようにも見えた。その内側に石畳敷きの空間があり、開けた庭の縁《へり》に店が並んでいた。石畳の庭とそれを取り囲む店がスーパーと呼ばれていた。

入り口が通りに二カ所、北と南に空いていた。二階建ての木造家屋の一階部分が通りぬけられる門の役割を担っていて、二階は普通に住居になっていた。庇《ひさし》の上には白いペンキを塗ったトタンに「スーパー村田」と大きな文字で書かれた看板が掲げられていた。門をくぐって入ると広い石畳の空間があった。見上げると空が広がった。そもそも街の中にそんな空洞がどうやってできたものか。ひょっとして元々広場とか公園であったのか、あるいは誰かの屋敷の庭であったか、それともそこには寺社でも置かれていたのだろうか。そうしたことはよくわからない。石畳敷きの中庭の真ん中に、今は使われなくなった井戸があった。いつの時代にどうやってそれができたものかはわからない。区画の内側にできた胃袋のようなものであった。戦後にどこかの屋敷の庭に市が立つようになって、というような経緯があったのかもしれない。スーパーなのに雨が降ると、人が居なくなった。店の軒先には塩ビの波板の庇が張り出していたが、中庭には屋根などなかったからだ。

中庭を二十軒くらいの商店が取り囲んでいた。元は一軒一軒がそれぞれの屋号を持つような商店ではなく、ただ八百屋とか惣菜屋と呼ばれていたらしい。いつ、どのような経緯で、うちの父がそれらをまとめて「スーパー村田」と名乗りだしたのかはわからない。別に声が大きくて、人を統率するような人ではなかった。かといって、熱心に商売を大きくしようという精神に溢れているようでもなかった。にもかかわらず、自分の店でもないものまで束ねて総称を付けたのはなぜか。それがしかも他の店に受け入れられているのはなぜか。これは今でも大きな謎のままとなっている。

うちの家は元々八百屋だった。入り口の門のすぐ脇に店を広げていた。野菜以外にも卵とか豆腐なんかも扱っていたが、よその店にあるものは、うちでは置かなかった。肉屋はあるから肉は置かない。漬物屋や味噌屋はあるから、漬物や味噌は置かない。聞かれたら「それはあっちにありますよ」などと案内したものだ。

何でも揃うと謳っていたが、何でもは揃わなかった。いろいろなものを売る店が並んではいたもののそれらは独立した商店に過ぎなかった。よそにないからといって、うちが何でも揃えるわけにはいかない。客は中庭に入ってくると、それぞれの店で欲しいものを手に取り、店に包んでもらって、金額を書いた伝票とともに受け取る。会計は入り口近くの勘定場でまとめて行うことになっていた。そんなめんどくさいことをと思うのだが、そこが味噌で、お客さんは勘定場でツケで払うことができた。この方式を導入したことが、商店を束ねてスーパーと名乗りだしたきっかけのようではあるが、父がこれを考案したとか、率先してやっているということもないようだった。子供だった私は勘定場の手伝いをしたことはなかったが、袋詰めなんかはよくやった。ナスを三本ずつザルに盛る。袋に詰める。冬は肉まんを温めたガラスケースに入れた。

よく店の子供は近くの家までお使いで配達しにいったから、近所の人たちは顔を見れば私たちのことを覚えていて、普段でもスーパーの子供と言われた。学校でもサラリーマンの子供からスーパーの息子と言われた。こうも地元で顔を覚えられていると悪いことはできないなと思っていたかと言われたら、そもそも悪いことをしたいとも思っていなかったし、年の離れた姉は平気で悪いことをしていた。地元でスーパーの子として見られていたからといって、皆が規律を内面化するわけでもないらしい。

夜になるとスーパーの門が閉まる。スーパーの店々の大半は店の奥を住居にしていた。スーパーの中で暮らしていて、子供は門の中で夕飯までの間、遊んでいた。お客さんのいなくなった中庭は人もおらず、車も入ってこないので、安全で、端から端までかけっこをしたり、鬼ごっこをしたりしたものだった。

「むらっちゃんも一緒にいかへん？」

ある日、隣の洋服屋さんのお兄さんが、毎週通っているという近くの教会の日曜学校に誘ってくれた。私の家はキリスト教徒ではなかった。教会はスーパーのすぐ近くにあった。二ブロックほど向こうの、坂道を少し登ったところにあった。坂の上には土地の大きな神社があった。私は祭りのときにその神社の神輿を観に行った。盆になると檀家になっている寺からお坊さんがやってきて仏壇でお経を上げていった。教会の存在はもちろん知っていたが、自分とは縁のないものと思っていた。キリスト教徒でもないのに、通うのは大丈夫なのかと考えたわけではなかった。ただ、折角の休みの日曜日で、観たいテレビやらなんやらがあるのに、学校に行かなければいけないのかという気持ちが大きかった。母に話すと、

「行ってきたら？」

とあっけない返事が返ってきた。「やめときや」という言葉を期待したが当てが外れた。なんなら、積極的に通わせようという空気すら感じた。驚く様子もなく、隣のお兄さんから誘いがあることもすでに承知しているような口ぶりであった。このままでは通わされる。

「うちはキリスト教ちゃうやん。キリスト教の人が通わはるのはええけど。僕はそんなん興味ないねん」

親たちからすれば、商売の忙しい日曜日に子供を預かってくれるちょうど便利な場所を見つけたような気持ちだったのだろう。嫌だ嫌だと言っていたが、

「せっかく誘ってくれてはるねんから、いっぺん行ってみたらいいやんか」

徐々に母はいらだっているのがわかった。一回くらいはいいか。嫌なら嫌で行かなければいい。押しに負けて、結局、隣のお兄さんと私は日曜学校に行った。

はじめて入る教会の建物。一階は平日は幼稚園をやっているらしい、そのエントランスで待っていると、十時になり、皆がぞろぞろと二階の礼拝堂への階段を上っていく。私も隣のお兄さんについて行く。賛美歌を人の唄うのに合わせて真似て唄う。貸し出された聖書の式次第で指示された箇所をお兄さんが開いて読み上げるのを傍目に眺める。今思えば、洗礼を受けている人たちなのだろう、決まって何人かが前に出て、パンとワインを牧師から授けられるのを、奇妙な目で眺めた。ワインは銀色の一つのカップから順に飲んでいる。牧師が飲ませるたびに布で拭いてはいるけれど、間接キスやな、気持ち悪いなと思いながら眺めていた。それが終わると、下におり、しばらく遊んでいると、昼になる。昼は、うどんかそば。夏はこれが冷やしうどんか冷やしそばになった。七月と八月が冷やしだった。うどん・そばは百円。カウンターで小銭を払って受け取る。自分でテーブルに運ぶ。教会のこの一階は普段幼稚園の教室として使われていて、木のテーブルも、椅子もとても小さい。体格のいい信者の男性はとても窮屈そうに座ってうどんを食べた。テーブルの上にうずらの卵が入った茶碗があって、うずらの卵は十円。茶碗の脇にパイナップルの缶詰の空き缶が置いてあって、自分で十円を入れてうずらの卵を受け取るシステムになっていた。私はここではじめてうずらの卵を見た。生ものがあまり得意でなかったから、素うどんを食べていたが、一緒のテーブルで食べていたそのおじさんは、うれしそうにうどんのつゆに薬味のネギとそれからうずらの卵を割り入れて、箸で卵を潰してぐるぐるとかき回してから、うどんをすすっていた。そんなにおいしいものなのか。気味悪さと、好奇心とでじっと眺めていると、日曜学校の先生が、「何でも挑戦してみなさい」と言った。パイナップルの缶に投げ入れた十円玉が思いの外大きな音を響かせた。うずらの卵の殻の薄さと軽さに驚いた。つゆの中でかき混ぜると、鮮やかな黄色の線が漆黒のつゆの中で泳ぎ回った。恐る恐る試してみると、これがおいしかった。怖がっていたものが逆に好物になった。最初は嫌だと言っていた日曜学校も好んで行くようになった。今になって思えば、教会では知った人が誰もいなかった。同年代の子供はいたが、同じ学区の子供に会った記憶がない。大人も知った人は誰もいなかった。だから、すぐそばのスーパーの息子であるにもかかわらず、スーパーの息子だという目で見られることはなかったわけだ。誰も私の素性を知らない。そのことがとても新鮮で心地よかった。私も周りの人たちの素性を知らない。相手も私の素性を知らない。気兼ねなく賛美歌を唄い、うずらの卵入りの冷やしうどんを食べた。うずらの卵目当てに日曜学校に通ったと言っても過言ではない。スーパーでは何でも揃うと謳っていたが、うずらの卵は売っていなかった。食事にうずらの卵が出たこともなかった。鶏の卵は売っていた。

ある日、店先にいるとうちで買った卵のパックを持った男性がやってきて、

「おたくで買った卵、割ってみたらえらい小さい！」

とかなり怒っていた。卵ひとつにそこまで熱くなれるものか。ひとまず、すみませんと父が謝ったが、何やら気持ちがおさまらぬようであった。ところが突然、

「M玉なのに、うずらの卵かと思った」

と啖呵を切ると、すっきりしたのか、代わりの品物を要求することもなく、帰っていった。同じ怒るにしても面白い言い方があるものだと感心したのを覚えている。いつか私もどこかでこのセリフを使ってみたいと思いながら、その後の人生でまだうまく使えるシチュエーションに出会っていないが、それを面白く思ったのも、やはりうずらの卵を好んで食べていたからだ。

隣のお兄さんに誘われて私はキリスト教の日曜学校に通ったが、私は別にキリスト教徒になったわけでもなかった。日曜学校に通うと、教会の前の庭で鶏がしばしば鳴いていた。私たちが十円を払って食べたのはうずらの卵だったが、庭に飼っていた鶏が産んだ卵はどこへ行っていたのだろうか？　それともあの鳴いていたのは、うずらだったのだろうか。

あるとき、隣の洋服屋のおじいさんが亡くなった。今では珍しいことだが、当時、自宅でお葬式を上げることはままあった。スーパー村田の中で誰か亡くなると、スーパー全体を休業にして、そこで大きなお葬式を開くことがあった。私も観たことがある。何しろ都合のいいことに、中庭になっているから、喪主の店の中だけを片付けて祭壇をもうければ、受付だとかはテントを立てればできてしまう。むろん、車は中に入れないから、霊柩車は通りに止めておいて、出棺のときには男何人か掛かりで、運ぶことになる。それで、私はそれまでにも何度かスーパーで開くお葬式を観たことがあったし、数珠を提げ、親について参列したこともあったが、キリスト教のお葬式を観たことはなかった。お葬式の日の朝、スーパーにはすでに人が集まっていた。数珠はいるのか？　いったいどんなお葬式になるのだろう。お坊さんの代わりに、あそこの教会から牧師さんが来るとして、お経の代わりには、賛美歌を唄うのか。それとも聖書の一節を読み上げるのか。気が気でなかった。古い井戸の脇にしゃがんで待っていた。そこに、スーパーの門のあたりから、声が聞こえた。

「もうそこまでいらっしゃいました」

一目散に門の外まで駆けだしていった。向こうから、袈裟を着た僧が歩いてくるのが見えた。お隣も仏教徒だったのである。

その後すぐに、休業をうまく知らされていなかった業者の人がパックの卵を満載したカートを押して納品にやってきた。喪服姿の父は門のところまで駆け寄り、カートを速やかに店の前まで動かすと、シャッターを開けて、店の中に片付け、またすぐにシャッターを閉めた。ガラガラ、バタンという重たい音が、スーパーの庭に鳴り響いていた。

二〇二二・八

あとがき

もう十五年以上も昔のことだ。別にどこが悪いというわけではなかったのだが、短い期間に五キロ以上も体重が落ちた。お腹の余計な肉がなくなり、頬はこけていた。友人たちと集まって飲んでいた時に、そのことを伝えようとしてこう言った。

「体重が急に五キロも落ちてね」

周りが驚いて、

「五キロも！」

と揃って声をあげた。すかさず、

「スーパーで並んでいる五キロの米の袋。あれと同じ重さのものがお腹に付いてたのかと思うと衝撃を受けるよ」

と付け足した。だが、そう言い終わらぬうちに、黙って聞いていた古い友人の山川が、

「それは当たり前だろう」

と失笑したのである。

「じゃあ、豆腐五キロでは？？」

そういうことじゃない、五キロの体重が落ちたのだから、米の袋などを持ち出すまでもなく、五キロは五キロである。すると、周囲もそれはそうだ、当たり前だと笑い、それまでどこか体が悪いのではないか？などと気遣ってくれていた場の空気も一瞬で吹き飛んだ。話題は他のことに移っていった。

確かに、情報という観点で言えば、五キロと言った時点で事は足りている。だが、私が伝えたかったのは単に五キロという情報ではなかった。どう言えばよかったのか？　あえて、三升三合の米、などと言ってみたらどうか。しかし、日常的に米を升で測ることのない者には、ただわかりにくいだけである。確かに、五キロのものを伝えるのに「五キロの」と形容したのでは、意味がないかもしれない。クイズを出題する時に、問題の文章を読み上げたつもりが、口が滑って答えも言ってしまったようなものだ。だからといって、では私たちは五キロを何で代替すればよいものだろうか。私はあの時、実感を伴ってその重みを伝えたかった。話を聞いた誰かが後日スーパーに立ち寄る。そういえば、家の米がそろそろ底をつきそうだ。米を買って帰ろう。そう思って、積まれた米の袋を一つ持ち上げて、カゴに入れる。やたらと重い。と思った瞬間に、これと同じ重さが友田の腹の周りから失われたのかと思い出す。そうした効果を狙っていたのかどうか、今となってはわからない。しかし、ここには五キロの重みを実感を伴って伝えることの困難がある。

そして、述べたいのは困難ばかりではない。ずっと月日が経ってから、友人たちの何人かと再会した。一人が突然、言った。

「昔、豆腐の話をしてくれたけれど、実はうちの実家が豆腐屋だったんです」

私は驚いた。

「豆腐ってほんとに重いんですよねぇ」

と目を輝かせて話してくれた。まさかそんなことがあるとは考えもしなかった。何かを期待して豆腐の一語を発したわけではない。それだけに、何かを伝える困難には、同時に希望があると思った。

二〇一三年にブログ「可笑しなことの見つけ方」をはじめてからもうすぐ十年になる。当時、「あるある」という言葉に代表される、わかりやすい共感と熱狂に辟易としていた私は、あえてナンセンスな問いを立てることで、誰にも見向きもされていない日常の些細なことから無尽蔵に可笑しさを汲み取ることができるのだと示そうとしてきた。その姿勢は変わっていない。そうした活動を繰り返すなかで、読んで応援してくださる人々と出会えたことは僥倖というよりほかない。その成果がついに一冊の書籍になる。

本書に収められた文章は、二〇一八年以降にいくつかの場所で発表したものである。中心となっているのは、『H.A.Bノ冊子』に連載された「本屋に行く」というエッセイだ。元はと言えば、自主制作した『『百年の孤独』を代わりに読む』を扱ってもらえないかと、当時蔵前にあったH.A.Bookstoreの松井さんを訪ねたことにある。確か、オリジナルTシャツと月報を届けにいったら、思いがけず連載のお声掛けをいただいて、歓喜したのをおぼえている。本屋に行きさえすれば、何を書いてもいいというとても自由な場所で、のびのびと書かせてもらうことがなかったら、本書に収められた文章も生まれなかったにちがいない。松井祐輔さんに深く感謝する。その他、様々な書く機会を与えてくださった双子のライオン堂書店の竹田信弥さん、本屋lighthouseの関口竜平さん、青土社の明石陽介さんをはじめ、この間書く機会をくださった皆さんに深くお礼を申し上げる。

はじめてお会いした時に、「実ははじめてではないんですよ〜」と言って驚かせてくれたデザイナーの中村圭佑さん、素敵な装丁で記憶に残る本に仕上げてくださりありがとう。道を歩き、考えつづけるテキストにふさわしい、たのしさの伝わってくる装画によって本に魂が入りました。いつか土屋未久さんに直接お礼をお伝えしたい。うっかりを多発する筆者にいつも的確な指摘を入れて教えてくれるサワラギ校正部の皆さんにも感謝している。他にも、多くの人々の力を借りて本が完成した。何より、私の文章を読んで支えてくださっている読者の皆さん、ありがとうございます。

この間、個人的に置かれた状況も社会情勢も大きく様変わりした。今となっては少し違う考え方をしていることもある。「日常」などというものが果たして存在するのかと考えないわけではない。ただ本書では当時考えていたことを記録するつもりで、あえて論旨を書き換えず、そのまま残した。また、エッセイとはいえ、すべてが事実であるはずもない。そのまま書こうとしても、見るものの目を通した時点で〝そのまま〟ではありえないし、意図的に改変やデフォルメしていることもある。念のため、そのことを書き添えておく。

最後に、この十年の「可笑しさを見つける」活動は、劇作家・宮沢章夫さんの文体模写からはじまった。ひたすら模倣を繰り返すことで、偶然に偶然が重なり、ついに単著が出来上がった。本来なら真っ先に宮沢さんに感謝を伝えるべきところだが、それはもう叶わない。本書にちょうど赤字を入れていた二〇二二年九月に急逝されたからだ。伝えられぬ感謝をどのように伝えていくかという、これもまたナンセンスな問いを私は考えつづけていく。

二〇二二年十二月

友田とん

初出一覧

本屋に行く「共同開発されたうどんをめぐって」（H.A.Bノ冊子1）
アウレリャノはTシャツを着たか？（月報1）
本屋に行く「時々負ける水戸黄門」（H.A.Bノ冊子2）
旅日記を書きはじめると（月報1）
本屋に行く「思考はやがて発酵して妄想となり」（H.A.Bノ冊子3）
東京で会いましょう（しししし2　双子のライオン堂出版部）
本屋に行く「それは慣用句か？」（H.A.Bノ冊子4）
串揚げ屋の向こうへ（月報2）
本屋に行く「本屋に行かない」（H.A.Bノ冊子5）
正解は一つではないが（月報3）
本屋に行く「丘を越えて」（H.A.Bノ冊子6）
いつだって私にはドトールがあった（灯台より増刊号vol.2　本屋lighthouse）

本屋に行く「古井由吉をドトールで読む」（H.A.Bノ冊子7）
とにかく書いている（月報2）
本屋に行く「付録を探す」（H.A.Bノ冊子8）
眠れない夜に（月報2）
本屋に行く「すすめられた本」（H.A.Bノ冊子9）
返礼品（書き下ろし）
本屋に行く「縁」（H.A.Bノ冊子10）
本町で地下鉄を乗り換えたことがある（代わりに読む人 全点フェア（※全一点）in toi books 記念冊子）
本屋に行く「続いている首塚」（書き下ろし）
積み重なっていく日常の先に（ユリイカ二〇二一年三月号　特集・近藤聡乃　青土社）
私の応援狂時代（しししし3　双子のライオン堂出版部）
スーパーの息子（書き下ろし）

＊『H.A.Bノ冊子』は全てエイチアンドエスカンパニー刊。『月報』は全て代わりに読む人刊。
各文末に初出年月、書き下ろしは脱稿年月を記しました。

友田とん
（ともだ・とん）

作家、編集者。京都府生まれ。可笑しさで世界をすこしだけ拡げるひとり出版レーベル「代わりに読む人」代表。博士（理学）。

大学では経済学、大学院では数学（位相幾何学）を研究し二〇〇七年に博士（理学）を取得。企業でコンピュータサイエンスの研究者・技術者として勤務する傍ら、『『百年の孤独』を代わりに読む』を文学フリマ東京で発表。同書を書店に置いてもらうため営業（行商）しながら全国を巡る。その後、「代わりに読む人」を立ち上げ、独立。自著のほか『うろん紀行』（わかしょ文庫）、『アドルムコ会全史』（佐川恭一）、文芸雑誌『代わりに読む人』を刊行している。

著書に『『百年の孤独』を代わりに読む』、『パリのガイドブックで東京の町を闊歩する』シリーズ（代わりに読む人）。共著に『ふたりのアフタースクール ZINEを作って届けて、楽しく巻き込む』（双子のライオン堂出版部）。ほか、寄稿多数。

ナンセンスな問い

友田とんエッセイ・小説集 I

2023年2月20日　初版発行

著　友田とん

装画――土屋未久
装丁・組版――中村圭佑
校正――サワラギ校正部
発行者――松井祐輔
発行所――エイチアンドエスカンパニー（H.A.B）

210-0814　神奈川県川崎市川崎区台町 13-1-202
044-201-7523（TEL）/03-4243-2748（FAX）
hello@habookstore.com
www.habookstore.com

印刷・製本――中央精版印刷株式会社
帯：エコジャパンR［もも］
表紙：Magカラー N［ミスト］
見返し：エコラシャ［ベージュ］
本文：オペラホワイトマックス
本体　2,000円＋税

乱丁・落丁本はお取り替えいたします。
ISBN978-4-910882-01-7 C0095